Maria, letztes Jahr

••

I

Mein Name ist Esther, und dies ist meine Geschichte.

Sie beginnt am 1. August des vergangenen Jahres. Dem Tag, an dem ich Maria traf. Alles, was Sie von mir wissen müssen, steht hier geschrieben:

Ich wurde am 25. April 1977 in Jerusalem geboren. Ich bin Schauspielerin. Jüdin. Ich rauche viel zuviel und trinke Rotwein. Ich schreibe seit meinem siebzehnten Lebensjahr grausam schlechte Gedichte, die niemals jemand veröffentlichen wird. Ich bin lesbisch.

Von allen Dingen traf dies meine Familie vermutlich am tiefsten. Im Alter von dreiundzwanzig Jahren packte ich einen schäbigen braunen Koffer mit den wenigen Kostbarkeiten, die ich besaß, vor allem Bücher und alte Schallplatten, und verließ sie, sie und Israel.

Seitdem bin ich heimatlos.

Im Sommer des Jahres 2001 befand ich mich in Italien.

Ich hatte genau im richtigen Moment ein Engagement in Florenz erhalten, doch wie sich leider herausstellte, war das Theater so baufällig, dass wir für die Dauer der Proben auf ein altes Weingut in der Toskana ausquartiert wurden. Es gehörte Flavio, einem Kulturmäzen, der so unglaublich viel Geld besaß, dass mir schon beim Gedanken daran schwindelig wurde.

Da saßen wir nun also im rötlichen Staub, sonnenverbrannt und angetrunken, und rezitierten Shakespeare, und wir spürten, dass etwas einzigartig Kreatives mit uns geschah. In dieser Landschaft lag eine Besonderheit verborgen, an der wir für einige Zeit Anteil nehmen durften, indem wir sie zu unserer Kulisse machten. In der Isolation des Weinguts wurden wir hineingesogen in eine magische Atmosphäre, und das Licht beflügelte unsere Phantasie, ließ uns zu einer Einheit werden und in künstlerischer Hinsicht über uns selbst hinauswachsen.

Uns, das war eine bunt zusammengewürfelte Truppe von zwanzig durchgeknallten Künstlerinnen und Künstlern, dazu kam Franco, unser Regisseur, sein Assistent Miguel, die Masken- und Kostümbildnerin Francesca, unsere Souffleuse, sowie eine gute Handvoll Techniker, Beleuchter und Requisiteure, die fernab von Fundus und Theaterbühne weitgehend arbeitslos waren und dementsprechend noch mehr tranken als wir anderen zusammen.

Wir probten *Romeo und Julia*.

Ich gab die Julia, und mein Partner war Guiseppe, ein schwitzender, schwarzhaariger Römer, Vater von zwei kleinen Töchtern. Doch er war nicht nur Schauspieler, sondern auch ein wunderbarer Koch, und mehrmals die Woche zauberte er für uns nach den Proben ein Mitternachtsmenü, wenn wir zu aufgekratzt waren, um schon ins Bett zu gehen. Denn nachts, wenn es ein wenig kühler wurde zwischen den Feldern, bekam die Luft einen so würzigen Beigeschmack, dass man beinahe meinte, sich allein an ihrem Duft sättigen und berauschen zu können. Dann saßen wir auf der Veranda und im Garten, aßen, redeten und lachten, Miguel stritt sich mit Francesca, und irgend jemand spielte zerkratzte Platten auf einem vorsintflutlichen Plattenspieler.

Wir fühlten uns unbesiegbar.

Franco hatte seine neueste Geliebte mitgebracht. Sie war neunundzwanzig Jahre alt, und es verging kein Tag ohne Klatsch und Tratsch. Der tückische Wind wehte unsere geflüsterten Worte direkt hinein in ihre Ohren, ohne dass es schien, als ob es ihr das geringste ausmachen würde. Doch im Grunde genommen vergötterten wir sie. Sie war nicht eigentlich schön, aber sie besaß das gewisse Etwas. Ihre Augen waren unergründlich. Ihr Haar war dunkel und dicht und fiel ihr bis weit über den Rücken. Sie besaß die erstaunliche Fähigkeit, von einer Minute zur anderen von tiefstem Ernst auf Leichtigkeit umzustellen, und dies machte sie unberechenbar und geheimnisvoll zugleich.

Ich konnte meine Augen nicht von ihren Händen wenden, die sich stets in Bewegung zu befinden schienen, und bekam ihr leises, mitreißendes Lachen nicht mehr aus dem Kopf. Sie war so unglaublich lebendig, dass es mich atemlos machte. Nie konnte man darauf vertrauen, dass ihr Gesichtsausdruck in der nächsten Sekunde noch der gleiche sein würde, dass sie noch an derselben Stelle stehen würde wie zuvor. Sie war in jeder Minute auf dem Weingut präsent, doch niemals greifbar, niemals vorhersehbar. Dabei besaßen ihre Stimme und ihr Lächeln eine Wärme, die es beinahe unmöglich machte, sie nicht zu mögen.

Das Entscheidende war jedoch, dass zwischen uns eine Verbindung zu existieren schien, lange ehe wir das erste Wort miteinander gewechselt hatten. Sie war anders als alle anderen Frauen, die ich bis dahin kennengelernt hatte. Und genau deshalb ging sie mir nicht mehr aus dem Sinn.

Doch wir buhlten alle um ihre Aufmerksamkeit, Männer wie Frauen, mehr noch als um die Francos, obwohl er derjenige war, um den sich alles drehte, der uns alle in der Hand haben sollte. Aber wir fühlten uns mit ihr verbunden, nicht mit ihm, auf eine einzigartige, magische Weise, die sich allein durch das Wort Seelenverwandtschaft erklären ließ. Es war, als ob sie eine von uns gewesen wäre, und tatsächlich war sie das auch: eine Künstlerin, wenn auch keine Schauspielerin. Doch das erfuhr ich erst viel später. Vorerst war da nichts als das Gefühl in meinem Bauch, sie schon lange gekannt zu haben, und ein leiser Hunger nach ihren Blicken, wann immer ich sie sah.

Ihr Name war Maria.

Ich habe es gleich gewusst, vom ersten Tag an, als sie die Eingangshalle hinter Franco betrat, dass wir uns ähnelten. Wir anderen waren bereits Stunden zuvor mit einem uralten Bus aus Florenz gekommen, der seine Federung schon vor langer Zeit im Staub dieser endlosen, von Zypressen gesäumten Alleen eingebüßt hatte. Wir waren müde und verschwitzt und lagen in den Sesseln in der Halle, wo jedem von uns ein Drink in die Hand gedrückt worden war. Er schimmerte milchigweiß und machte mich benommen, und so erblickte ich sie, in einem weißen Hosenanzug.

Ihr Aufzug verdeutlichte schlagartig das Bild vor meinem inneren Auge – ich selbst, in meinen ausgebeulten Lieblingshosen und dem schlichten schwarzen Top, in dem ich mich bis eben gerade noch so wohl gefühlt hatte. Unvermittelt versank ich tiefer in den Ledersessel.

Sie musste meinen Blick gespürt haben. Sie sah mir direkt in die Augen, zehn Sekunden, zwanzig, ohne den Kopf zu senken. Dann wandte sie sich ohne das geringste Anzeichen einer Gemütsregung wieder Franco zu, und ich fühlte mich unvermittelt zurückgestoßen und seltsam müde, als hätte mich ihr prüfender Blick zuviel Kraft gekostet.

Ich sah ihr stumm zu, wie sie ihre Hand auf seinen Arm legte, doch er beachtete sie gar nicht. Er unterhielt sich angeregt und übertrieben laut mit Flavio, dem Besitzer des Anwesens. Franco besaß die Gabe, es als naturgegeben hinzunehmen, dass sämtliche Aufmerksamkeit sich auf ihn richtete, sobald er einen Raum betrat. Insgeheim hasse ich Menschen, die sich mir aufdrängen, und sei es auch nur dadurch, dass sie es mir unmöglich machen, ihre Worte nicht zu hören. Ich beobachtete ihn also missmutig, und sein Bild in meinem Kopf hatte sich bereits mit Verachtung getrübt, noch ehe unsere gemeinsame Arbeit begann.

Flavio dagegen war mir gleichgültig, genau wie die Gründe, die ihn dazu bewogen hatten, uns auf sein Weingut einzuladen. Zweifellos existierte auch eine Frau Flavio, doch sie unterließ es, während unserer Zeit in ihrem Haus zu erscheinen. Ich vermute, sie machte mit den verzogenen Kindern Urlaub an der Adria und gab dabei haufenweise Geld aus, das sie nicht selbst verdient hatte.

Erst gegen Ende unseres Aufenthaltes erfuhr ich durch einen Zufall, warum Flavio es sich leisten konnte, großzügig zu sein: Er besaß einen Formel 1-Rennstall und verdiente wahrscheinlich an einem einzigen Wochenende mehr, als ich es in meinem ganzen Leben schaffen würde. Trotzdem schätzte ich es an ihm, dass er uns alle mehrere Wochen lang ertrug, mit allen Eskapaden und großen Szenen, die wir hinzulegen pflegten.

Wahrscheinlich hoffte er auf die eine oder andere Affäre mit uns Schauspielerinnen. Doch es ließ mich kalt, July, meiner Kollegin, dabei zuzusehen, wie sie mit ihm flirtete. Die Rolle der Amme war nur deshalb mit ihr besetzt worden, weil sie mit Franco im Bett gewesen war, einige Wochen zuvor, auf einer Party in Siena, als wir alle angetrunken in den Pool gesprungen waren. Sie kompensierte mangelndes Talent sehr geschickt mit anderen Fähigkeiten. Es ließ mich kalt wie so vieles, seitdem ich meine Heimat verlassen hatte.

Dass ich nicht nach Israel zurückkehrte, hatte viele Gründe, doch vor allem einen: Stolz. Stolz war das, was die Frauen meiner Familie schon immer ausgezeichnet hatte, Stolz und Stärke. Manchmal das einzige, was übrigblieb.

Ich spielte in verschiedenen Städten in Italien und England, manchmal größere, meistens kleinere Rollen, lebte in Pensionen und winzigen Zimmern, die ich mir mit Kolleginnen und Kollegen teilte, aus meinen Koffern und trank Espresso, wenn das Geld nicht einmal mehr für das Frühstück reichte. Manchmal schliefen wir am Strand und hatten keine Dusche.

Dann wieder folgten Wochen, in denen ich nicht wusste, wohin mit den bunten, fremden Scheinen, die mir zuviel Zeit in den Bars der Hotels erkauften. Ich hatte viele Affären. Ich erinnere mich noch genau an eine Episode, die sich im Sommer vor Florenz zugetragen hat: Ihr Name war Susan gewesen, und wir hatten in England zusammen Theater gespielt, eine mehrwöchige Tournee, in deren Verlauf wir immer öfter abends zusammen in den Pubs versumpft waren, und irgendwann stellte sich heraus, dass es mehr als nur das war, viel mehr. Eines Nachts war ich an ihrer Seite aufgewacht, und ich war traurig gewesen.

Sorgfältig hatte ich mich bemüht, sie nicht zu wecken. Ich war mir sicher, den Anblick ihrer fragenden Augen nicht ertragen zu können, nicht jetzt, nicht um diese Stunde. Die Kirchturmuhr hatte es mir soeben verraten: Es war drei Uhr. Drei Uhr, und ich war hellwach, aufgeschreckt aus einem unruhigen Schlaf an ihrer Seite, und da flog sie bereits davon durch den schmalen Spalt ihres Fensters, die Hoffnung auf weiteren Schlaf in dieser Nacht. Wehmütig blickte ich ihr hinterher, und ich ahnte bereits, was nun folgte, die leise ziehende Panik in meiner Magengrube wohlvertraut, bereits tausendmal unangefochten durchlebt.

Was tat ich hier?

Die Dunkelheit hatte sich auf ihrem Teppich verdichtet, und seltsam: Ich hatte vergessen, welche Farbe er besaß, ihr Läufer vor dem Bett, auf dem wir uns eben noch ineinander verschlungen hatten, und beinahe verlief ich mich in diesem Gedanken, der lächerlich banal war – aber nur beinahe. Mein Kopf war erfüllt von einem schrillen Ton, der mir unerbittlich signalisierte, dass etwas nicht stimmte.

Wo war ich?

Ich kannte sie von der Bühne, von ein paar Dutzend Abenden in Bars und Kneipen, die Frau, die dort zusammengerollt im Bett lag, und dennoch war ihr Name für mich nichts als ein Schlüssel zu ihrem Körper, einem Körper, der mir fremd geblieben war, genau wie mein eigener. Keine Erinnerungen an gemeinsam erlebte Jahreszeiten verknüpften sich mit ihm, keine Schmerzen, kein Glück. Ich versuchte verzweifelt, mich zu besinnen, was die Faszination an ihr ausgemacht hatte.

Es waren Susans Augen gewesen, die mich an jenem Abend eingefangen hatten, über den langen Tresen hinweg. Sie waren dunkel wie reife Sauerkirschen gewesen, und als sie gelacht und ihre dichten Locken in den Nacken geworfen hatte, war es um meine Selbstbeherrschung geschehen gewesen, auch wenn ich mir selbst vor gar nicht allzu vielen Monaten geschworen hatte, dass die Zeit derartiger Abenteuer vorbei war. Ich arbeitete viel und hatte geglaubt, damit die Leere in meinem Herzen ausgleichen zu können. Ich war eine verdammte Närrin gewesen.

Eine dunkle Unruhe war zurückgekehrt, die mich stets hinwegtrieb von ihnen, den anderen, den Frauen, die ich mir aussuchte.

Ich setzte mich neben sie und schaute sie an, wie sie schlief und wie die Nacht die Schatten auf ihrem Gesicht zärtlich blau färbte, und ich spürte, sie hätte es sein können, die besondere Frau in meinem Leben, zu einem anderen Zeitpunkt, vielleicht. Doch ich war noch nicht bereit dafür und schätzte meine hart erkämpfte Freiheit sehr viel höher als das, was Susan mir stumm anbot: eine Beziehung, ein gemeinsames Leben. Zu nah war noch immer mein Abschied von Israel, zu entwurzelt fühlte ich mich und so wenig bei mir, dass ich durch die Städte streifte wie ein unruhiger nächtlicher Wanderer, und keiner Frau wäre es damals gelungen, mich zu halten.

Eine Zeitlang, direkt nach meiner Ankunft in Europa, hatte ich gedacht, diese fehlende Ruhe durch kurze, wechselnde Begegnungen herbeizwingen zu können, aber es war jedesmal das gleiche gewesen: Noch während ich sie in meinen Armen hielt, noch während unsere Seufzer verklangen, begannen meine Augen unruhig auf die Reise zu gehen, unbewusst auf der Suche nach einer Möglichkeit zur Flucht. Und die Enttäuschung wuchs mit jedem Mal, ohne dass es in meiner Macht lag, etwas daran zu ändern. Irgendwann hatte ich beschlossen, damit aufzuhören, um mich und die anderen Frauen zu schützen. Ich hatte meine Energie voll und ganz dazu eingesetzt, weiterzuleben und zu spielen. Ich hatte immer schon Schauspielerin werden wollen, von frühester Kindheit an, und immer mit Leidenschaft gearbeitet, aber plötzlich wurde das Spiel zu meinem Lebensinhalt. Je mehr ich mich hineinsteigerte, um mich selbst vergessen zu machen, wie einsam ich war, um so mehr gab es mir zurück. Und so kam der Tag, an dem ich feststellte, dass es mir wichtiger war als alles andere, sogar als Liebe und Freundschaft.

Ich legte meine Fingerspitzen voller Dankbarkeit auf Susans nackte Schulter und wusste es zu schätzen, ihr Geschenk. Doch sie würde mich nicht kennenlernen.

Ich fragte mich, wo es blieb, das übliche leise Bedauern, das trotz allem niemals erstarb. Ich wartete, doch in meiner Brust war es eigenartig still, leer und dunkel wie in dem Raum um uns, und selbst die Unruhe auf der Bettkante hatte sich aufgelöst im sanften Atem der Nacht, und da begriff ich endlich: Es war meine Entscheidung.

Das machte mich frei, und dennoch ging ich. Ich ging hinaus, den Gang entlang, durch die Küche, und dann trat ich durch die Fliegengittertür, die in meiner warmen Hand ganz leicht war, hinaus ins Freie.

Die Luft war kühl und seidig auf meiner Haut, die noch immer die sanften Spuren ihrer Finger unsichtbar trug, und die Grillen sangen ein monotones, ewig gleiches Lied, während ich in meinen Wagen stieg und mir eine Zigarette anzündete. Doch ich hatte nicht vor, den Zündschlüssel ins Schloss zu stecken. Ich wollte allein sein. Ich beobachtete stumm den Rauch, der vor meinem Gesicht aufstieg wie ein Lindwurm, drei endlose Zigaretten lang. Was war, wenn ich blieb?

Dann tat ich, was ich seit langem nicht getan hatte: Ich stieg aus und ging zurück zum Haus.

Susan saß in der dunklen Küche, stumm und blass im Mondlicht, das durch eines der Fenster fiel, und sah mir entgegen. Sie sagte fünf Worte, ehe sie meine Hand nahm:

„Ich wusste, dass du wiederkommst."

Ja, ich war wiedergekommen, doch nur für kurze Zeit, für zwei Monate oder etwas mehr. Dann trennten sich unsere Wege. Unsere Gastspiele trieben uns in verschiedene Himmelsrichtungen, und ich habe nie wieder etwas von ihr gehört. Doch das machte nichts.

Wir waren leidenschaftlich gewesen, und wir nahmen unsere heißhungrigen Emotionen mit vor den Vorhang, boten sie den Leuten dar. Und seltsamerweise kam es nie zu dem großen Knall, auf den ich insgeheim wartete. Nie eskalierten der Zorn oder die Trauer in unseren Köpfen, nie bemerkte irgend jemand außer uns zweien, wie nahe wir dem standen, was wir zu spielen vorgaben. Es war ein dünner Boden, auf dem wir uns bewegten, indem wir Bühne und Privatleben einander so nahe brachten.

Es gab so vieles, was in mir verborgen lag. So viel Wut, Eifersucht und Liebe, so viel Schmerz, verletzten Stolz und Haltlosigkeit, dass es mich beinahe wunderte, dass sich nichts davon jemals Bahn brach, wenn ich spielte. Und trotzdem liebte ich diese Tiefe, die in mir wuchs, mit jeder Rolle, mit jeder Erfahrung, mit jeder Trennung mehr.

Doch etwas fehlte.

Insgeheim wartete ich. Wartete darauf, dass das Entscheidende in meinem Leben passierte. Ich hatte keine Ahnung, was es sein könnte, und dennoch lebte ich in Erwartung dessen, dass sich eines Tages eine magische Wand heben und mir den Blick auf das wahre, das wirkliche Leben freigeben würde.

Im Sommer 2001 war die Aussicht darauf verschwindend gering.

Ich saß in einem alten Ledersessel auf einem toskanischen Weingut in der Nähe von Fiesole, angetrunken von einem einzigen Drink, der die ganze Hitze des Tages konserviert und in meinem Blut ausgeschüttet hatte, und lauschte teilnahmslos der Stimme von Franco, der sich vergeblich bemühte, uns aus unserer Lethargie zu reißen.

Wir alle wussten, was für ein großartiger Regisseur er war. Zuletzt hatte er in Barcelona *Biographie – Ein Spiel* von Max Frisch inszeniert, und es gab niemanden unter uns, der nicht heimlich und ehrfürchtig die Kritiken gelesen hatte.

Er hatte die Fünfzig bereits überschritten, besaß einen leichten Bauchansatz und allmählich zurückweichendes schwarzes Haar, kombiniert mit einer geradezu phantastischen Energie, die sein Alter leicht vergessen machte. Er stammte aus einer reichen römischen Familie und hatte nach ersten Regiearbeiten in Italien fast durchweg im europäischen Ausland inszeniert.

Er war das, was man im allgemeinen ein künstlerisches Genie nennt, dabei egozentrisch, jähzornig und herrschsüchtig. Sein Ruf eilte ihm voraus, in einer Mischung aus Ehrfurcht, Abscheu und Bewunderung. Er forderte uns gnadenlos und ließ niemals locker, aber er besaß die außergewöhnliche Gabe, in unsere Köpfe hineinzuschlüpfen und uns aus der Reserve zu locken, und ganz egal, wie sehr wir ihn fürchten oder menschlich verachten mochten, wir vertrauten vollkommen auf seine Kreativität.

Vor allem aber war Franco eines: ein Perfektionist und mir darin so ähnlich, dass wir uns bestens hätten verstehen müssen. Dass dem nicht so war, obwohl wir uns in künstlerischer Hinsicht schätzten, lag an ganz anderen Dingen, die mit unserer gemeinsamen Arbeit auf der Bühne – immerhin schon die zweite Inszenierung – nicht das geringste zu tun hatten.

Wir waren also hier, um zu spielen, unter seiner Führung. Spielen, das war bei den meisten von uns das einzige, was wir konnten, und wir waren berauscht von der Aussicht, es tun zu dürfen, uns auf die Suche zu begeben nach einer neuen Persönlichkeit, die letzten Endes doch nur unsere eigene sein konnte. Denn erst unsere Erfahrungen und unser Wille würde die Geschichte zum Leben erwecken. Und ich verspürte eine übergroße Sehnsucht nach dieser Arbeit in mir. Weil es mir während der Proben, und nur dann, stets gelang, mich von mir selbst zu entfernen – um mir erneut zu begegnen.

Ich ging auf mein Zimmer, um mich umzuziehen.

Die Fenster standen weit offen, und die Vorhänge bauschten sich im Wind. Ich trat aus dem Schatten des kleinen Raumes ans Fenster und ließ meinen Blick über die Landschaft schweifen. Träge tastete er das riesige Lavendelfeld hinter dem Garten ab, das Nachbargut in der Ferne, das in der bläulichen Luft zu schweben schien. Es war kühl hier drinnen, und ich sah mich um, nahm meine Bleibe in Augenschein, die mich für einen Monat beherbergen würde. In einem Monat würden wir nach Florenz zurückkehren, für die Premiere in dem stickigen Theater. Es war noch immer höchst zweifelhaft, ob es bis dahin vollständig restauriert sein würde. Ich hasste und liebte Italien zugleich und aus tiefstem Herzen.

Die Wände waren roh verputzt, die Bettwäsche war aus einfachem Leinen. Das Bett selbst bestand, genau wie der Kleiderschrank, eine Truhe, ein Stuhl und ein Ungetüm von Schreibtisch, aus dunklem altem Holz. Die Türen des Schrankes knarrten leise und durchbrachen das Gezirpe der Grillen, das von draußen hereinströmte. Ein schwacher Duft von Lavendel machte mich leicht benommen, und ich musste mich setzen.

Eine Stimme störte mich auf und verschwand ebenso schemenhaft wieder, wie sie erschienen war. Marias Stimme. Ich floh hinüber ins Bad und hielt mein Gesicht unter den eiskalten Wasserstrahl. Dann zog ich mich um und ging hinunter. Auspacken konnte ich später.

Das Textbuch drückte sich vertraut und hart gegen meine Seite, als ich mit ihm unter dem Arm die Treppe hinunterschritt. Das Weingut war ein zweistöckiges Gebäude, und unsere Zimmer lagen verteilt auf den Fluren in der ersten und zweiten Etage. Jedesmal, wenn man zum Essen oder zu den Proben hinunterwollte, musste man also die große Treppe hinabsteigen, und ich schätze, jeder und jede von uns machte sich einen Spaß daraus, dies von Zeit zu Zeit zu zelebrieren, wenn niemand hinschaute. Oder vielleicht auch gerade dann, wenn besonders viele zusahen, das war verschieden. Ich jedenfalls tat es jetzt und konnte mich eines gewissen Prinzessinnengefühls nicht erwehren, was ich mit einem leichten Grinsen quittierte. Damit war die Illusion dahin.

Ich betrat die Eingangshalle, die verlassen und angenehm kühl dalag. Nur aus der fernen Küche plärrte ein Radio. Für einen Moment blieb ich stehen und schaute zu der hohen Decke hinauf, an der verblichene Gemälde darauf warteten, entdeckt zu werden. Sie schienen mir extrem lebendig zu sein, so als würden mir die Frauen und Männer aus einer längst vergangenen Zeit im nächsten Moment verschwörerisch zublinzeln.

Ich trat durch die schwere Eingangstür aus dunklem Holz und ging über die breite Veranda. Die Fliesen schienen einmal sehr kostbar gewesen zu sein, doch jetzt war das Muster auf ihnen verwittert, und in den Spalten wuchsen Grashalme. Dennoch fand ich nicht, dass dies die Schönheit des Anwesens schmälerte. Im Gegenteil schien es mir, als hätte das rötliche

Haus, wäre es vollkommen gewesen, mich mit seinem Reichtum erdrückt. So hingegen besaß es Charakter wie ein Mensch, der seine Falten mit Stolz trägt, und ich wünschte mir augenblicklich, mehr Zeit hier verbringen zu können als nur einen Sommer.

Ich schlenderte durch den riesigen Garten. Es ist unglaublich, dass solche Gärten tatsächlich existieren, nicht nur auf Abbildungen in diesen wahnsinnig teuren Bildbänden, die man seufzend wieder zuklappt in dem Wissen, dass es sich um eine Welt handelt, die einem für immer verschlossen bleiben wird. Flavio schien eine Eigenschaft zu besitzen, die ihn mir auf Anhieb sympathisch machte: Er besaß Geschmack. Vielleicht war es auch nur der Stil der Landschaftsgärtner, die er beschäftigte, auf jeden Fall hob sich die Anlage wohltuend von anderen, konservativen Anpflanzungen ab.

Obwohl es auch hier angelegte Beete gab, wuchsen in ihnen Kräuter für die Küche und üppige Rosen anstatt korrekt geschnittene Rabatten. Der Rasen war knöchelhoch und stellenweise von Moos durchsetzt, und die Bäume sahen knorrig und ursprünglich aus. An zwei Seiten ging das Anwesen in die weiten umliegenden Felder über, die nur durch schmale Feldwege mit den obligatorischen Zypressen und eine niedrige, verwitterte Mauer davon abgehalten wurden, sich das Stück Land zurückzuerobern. An der dritten Seite stand ein alter Pferdestall, der früher auch die Kutsche der Familie beherbergt hatte, der das Gut einmal gehörte. Jetzt standen dort Flavios Polopferde und langweilten sich, von den Turnieren einmal abgesehen, die er in der warmen Jahreszeit veranstaltete.

In der Mitte des Gartens lag ein Labyrinth. Hohe, dichte Hecken umgaben einen steinernen Brunnen, in dessen Mitte ein dünner Strahl aus einem Fischmaul in ein verwittertes Becken floss. Ich setze mich auf den Rand, der dicht mit Moos und Flechten bewachsen war, und schlug die erste Seite des Textbuches auf:

Zwei Häuser in Verona, würdevoll,
Wohin als Szene unser Spiel euch bannt

Weiter kam ich nicht. Zwei Stimmen näherten sich durch das Labyrinth, die eine weiblich, die andere klang verdächtig nach Franco. Ich überlegte einen Moment, ob ich bleiben sollte, doch schnell begriff ich, dass mir nicht nach Small talk zumute war. Also räumte ich mit einem bedauernden letzten Blick auf meinen Platz das Feld und verdrückte mich in die Büsche.

Der Mann und seine Begleiterin setzten sich tatsächlich an genau die gleiche Stelle. Ich riskierte einen neugierigen Blick und fing gerade noch auf, wie Franco Maria küsste. Ich konnte sehen, wie seine Zunge zwischen ihren Lippen verschwand – und ich ging nicht. Er hielt ihr Gesicht mit seinen starken Händen fest, zwang sie beinahe, ihn zu küssen, und in einer Mischung aus Ekel und Faszination sah ich zu, wie er sie liebte, dort, auf dem steinernen Brunnenrand, auf dem ich eben noch gesessen hatte.

Sie hielt ihre Augen geschlossen, und in Gedanken küsste ich sie auf ihre Lider. Ich konnte nur vermuten, was hinter ihnen geschah. Obwohl ich sie kaum kannte, diese Frau, weigerte sich tief in mir etwas, zu glauben, dass sie ihre Augen aus Genuss geschlossen hielt. Sie verbarg etwas hinter ihren Lidern. Was es war, konnte ich nur ahnen.

Endlich gelang es mir, mich loszureißen, und ich floh auf mein kühles Zimmer. Ich rauchte drei Zigaretten. Dennoch dauerte es eine geraume Weile, bis mein Herzschlag sich beruhigt hatte.

Das Abendessen fand auf der Terrasse statt, die annähernd die Ausmaße eines Tennisplatzes besaß. Es gab reichlich Wein, und ich hatte bereits zwei Gläser davon getrunken, als endlich der erste Gang serviert wurde.

Maria saß zu weit weg, als dass ich mit ihr hätte reden können, doch sie unterhielt sich mit niemandem, und seltsamerweise tröstete mich das ein wenig. Sie aß und trank langsam und konzentriert und hielt von Zeit zu Zeit ihr Gesicht in den Nachtwind. Ein einziges Mal trafen sich unsere Blicke, stumm, ohne jede Koketterie, jedoch mit tiefem Interesse. Sie lächelte, doch noch ehe ich mir sicher sein konnte, dass es tatsächlich mir gegolten hatte, verschwand das Lächeln wieder von ihren Zügen, und ihr Blick ging erneut in den dämmrigen Himmel.

Ich bemerkte zu spät, wie Franco mich beobachtete, und senkte den Kopf ein wenig zu hastig. Sein Gesichtsausdruck blieb unergründlich.

Gern will ich sehn, ob Sehen Neigung zeugt.
Doch weiter soll mein Blick den Flug nicht wagen,
Als ihn die Schwingen Eures Beifalls tragen ...

Es war ein Uhr, und ich stand mitten in der schönsten Mittagshitze im Garten und deklamierte. Franco ließ mich soeben zum geschlagenen zwölften Mal an diesem Tag die dritte Szene im ersten Akt von *Romeo und Julia* wiederholen. Ich wurde den Eindruck nicht los, dass er mich strafen wollte für meine Blicke vom Vorabend, und das verlieh mir Durchhaltevermögen, auch wenn mir schwindelig war von der Hitze und die

Schweißtropfen sich zu kleinen Bächen sammelten, die mir in die Augen rannen. Eisern klammerte ich mich an den Text. Ich wusste, es war ein Kräftemessen: Er würde mich nicht gehen lassen. Ich würde nicht klein beigeben, ich würde diesen gottverdammten Fleck nicht aus freiem Willen verlassen.

Beim dreizehnten Versuch schlenderte Maria vom Haus herbei und gesellte sich zu Franco unter den Sonnenschirm. Ihr Blick ruhte fest auf mir und kühlte meine heiße Stirn beinahe sofort. Ich hielt mich an ihre Augen und sprach die Worte deutlich und laut.

Da unterbrach Franco mich grob: „Das reicht für heute."

Er marschierte ohne ein weiteres Wort davon und hielt sich dabei sorgsam gerade. Erstaunt über diesen unerwarteten Sieg stand ich schwer atmend da. Ich konnte nur einen Gedanken fassen: Was geschah mit uns, was passierte zwischen Maria und mir, und welche Rolle spielte Franco in diesem Spiel?

2

Nach einer Woche Probenarbeit auf dem Weingut waren wir alle mehr als erleichtert, als ein Ausflug nach Florenz auf dem Programm stand. Offiziell handelte es sich um die erste Bühnenbegehung, doch in Wahrheit hungerten wir nach Abwechslung, sehnten wir uns nach Menschenmassen, Verkehrslärm und dem Geruchschaos der unzähligen Bars und Cafés. Selbst die Fahrt mit dem klapprigen Bus erschien uns auf einmal als ein herrliches Abenteuer.

Am Tag vor dem Ausflug legte sich eine seltsame Stimmung über das Anwesen. Wir kicherten und alberten wie Kinder vor einer Nachtwanderung und zählten immer wieder unsere Lire, um zu überlegen, was wir uns leisten konnten. Franco brach die Probe am späten Nachmittag ab, weil es selbst in seine Welt, die sich im Moment ausschließlich um das Stück drehte, vordrang, dass mit uns an diesem Tag nicht viel anzufangen war.

Tag für Tag schien Franco tiefer in eine düstere Stummheit zu versinken. Wir tanzten auf Zehenspitzen um ihn herum und beschränkten unsere Kommunikation auf Miguel, seinen Assistenten. Ach, Miguel – er war ein Wunder an Ausgeglichenheit und Humor. Die Zornesausbrüche von Franco, die sich von Zeit zu Zeit Bahn brachen, wenn wir nicht schnell genug umsetzten, was er vor seinem inneren Auge sah, und die um so furchterregender waren, weil er sich sonst allzu oft in Schweigen hüllte, perlten an ihm ab wie Regentropfen von Fensterscheiben.

Gegen sechs Uhr an jenem Tag fiel die Tür zu Francos Zimmer mit einem lauten Knall ins Schloss, und sie blieb, dem Himmel sei Dank, bis zum kommenden Morgen verschlossen.

Für alle anderen war im Garten ein Buffet angerichtet worden. Die meisten setzten sich ganz einfach mit ihren Tellern und Gläsern ins Gras, und bald flogen die Neckereien munter über die Rasenfläche.

Maria war nicht bei uns. Als ich später über die Terrasse schlenderte, sah ich sie auf der Fensterbank ihres Zimmers sitzen, die nackten Beine an der rötlichen Fassade herabbaumelnd. Ihr Zimmer war im Stockwerk unter mir, so dass sie beinahe auf die Veranda hätte hinunterspringen können, wenn sie es gewollt hätte. Doch sie blickte in den bläulichen Himmel, an dem sich langsam die Dämmerung spiegelte. Es schien mir, als ließe sie ihre Gedanken davonwehen. Wir schienen unsichtbar für sie zu sein, genau wie der steinerne Sims unter ihr und der Wein in dem Glas in ihrer Hand.

Ich ging ins Haus, um meine Mutter anzurufen.

Das schwarze Telefon stand in der Halle, die ausnahmsweise verlassen war, und der Hörer lag erschreckend kühl in meiner Hand. Es waren die Anrufe, die ich gut und gern hinauszögerte und die mich trotzdem nachts wachhielten und quälten.

Mein Vater war gestorben, als ich neun Jahre alt gewesen war. Meine Mutter war zu einer Frau geschrumpft, die wenig tat und trotzdem ständig über das Los seufzte, das ihr auferlegt worden war. Ich fühlte mich jedesmal elend, wenn wir uns trafen, weil ihr abschätzender Blick nichts anderes sagte als: „Du bist genau wie dein Vater!".

Er war Opernsänger gewesen, und meine Mutter hatte deutlich gespürt, dass sie immer nur nach seiner Musik gekommen war. Seitdem hasste sie alles, was mit Kunst und Kultur zusammenhing. Ihr zweiter Ehemann war Direktor bei einer angesehenen Jerusalemer Bank, und obwohl ich bezweifelte, dass er sie glücklicher machte, versäumte sie doch keine Gelegenheit, eben dies zu beteuern.

Vielleicht war es einfach so, dass sein Reichtum sie hinwegtröstete über die einsamen Tage und die Leere in ihrem Leben, das sie als Hausfrau und Vorzeigegattin fristete. Vielleicht sah sie in ihm und den zahlreichen Gesellschaften und Partys, die sie gaben, auch einen Sinn, den mein Vater ihr nicht hatte schenken können und der mir schlichtweg verborgen blieb. Vielleicht.

Das Klingeln klang weit entfernt und monoton, und ich stellte mir vor, wie jetzt in dem luxuriösen Bungalow das Telefon durch die Nacht schrillte, mit einem seltsamen Echo in den großzügigen Räumen. Dreimal, viermal, beim fünften Klingeln nahm sie ab.

„Hallo?"

Sie meldete sich nie mit ihrem Namen. Ihre Begrüßung klang immer gehetzt und ganz so, als würde man in eine Schuld eintreten, sobald man das Wort an sie richtete.

„Mama? Ich bin's – Esther."

Meine Stimme klang gepresst und kindlich, das schaffte sie immer wieder mühelos.

Ganz so wie sie selbst zu einem unzufriedenen Geschöpf geworden war, das nichts sah als meine Fehler, wurde ich in ihrer Anwesenheit, und sei es auch nur am Telefon, wieder zu einem kleinen Mädchen. Einem unmündigen Kind, dem gnädig ein paar Worte gewährt wurden. Ich hasste es, und doch konnte ich es nicht ändern.

Schlimmer noch wurde es, wenn ich sie besuchte. Sie gab mir mit jeder Faser ihres Seins zu verstehen, wie wenig sie das achtete, was ich tat. Doch genau so, wie die Motte unermüdlich nach dem Licht strebt, wiederholte ich meine Besuche bei ihr, denn insgeheim brauchte ich meine Mutter, mehr noch: Ich vergötterte sie, was meinen Zorn noch schürte.

Es war mir unmöglich, mich von ihr zu lösen. Ich wollte um jeden Preis ihre Anerkennung, wenn schon nicht ihre Liebe. Ganz egal, wie selbstbewusst ich mich gab und wie eigenständig das Leben scheinen mochte, das ich führte: Es gab Momente, da schien es mir unmöglich, mich selbst zu achten, wenn sie es nicht tat. Seit meiner Geburt hatte sie mir das Gefühl vermittelt, nur dann liebenswert zu sein, wenn ich etwas leistete, das ihr gefiel. Tief hatte sich dieses Bewusstsein in meine Gedanken gebrannt, und es ließ sich nicht ausradieren. Doch ich hoffte auf die Zeit, hoffte darauf, dass dies irgendwann vorbei sein würde. Aber noch war ich Lichtjahre davon entfernt.

Unser Gespräch war oberflächlich und desinteressiert, wie

immer, wenn wir uns keine Beleidigungen an den Kopf warfen. Wir waren Fremde, gezwungen, im gleichen Raum zu verharren. Ich beendete das Telefonat dementsprechend rasch, indem ich vorgab, zu einem Konzertbesuch aufbrechen zu müssen. Ich war selbst erstaunt über die Worte, die ich geäußert hatte, noch ehe sie ganz zu Ende gedacht waren. Eine schnelle kleine Fluchtmöglichkeit, die mein Unterbewusstsein mir geliefert hatte.

Ich hielt den Hörer noch einige Minuten nachdenklich in der Hand, bevor ich ihn auflegte und in die wunderschöne alte Bibliothek weiterschlenderte. Ich fühlte mich tief hinuntergezogen durch das Gespräch, das eben stattgefunden hatte und eigentlich kein wirkliches Gespräch gewesen war. Es war, als würden wir zwei vollkommen unterschiedliche Sprachen sprechen.

Trotz der lauen Sommerluft, die durch die weit geöffneten Fenster eindrang, hatte irgend jemand den Kamin entzündet. Das Feuer knackte und warf unheimliche Schatten auf Bücherrücken und schwere Möbel. Das Zimmer war verlassen bis auf Guiseppe, der allein auf dem großen Sofa in der Mitte des Raumes saß.

Ich blieb abwartend im Türrahmen stehen, die Hände in den Hosentaschen, und überlegte noch, ob ich leise wieder kehrtmachen sollte, als er mich bemerkte. Er wandte mir trotzig das Gesicht zu, und ich sah sofort, dass er geweint hatte. Das erschreckte mich, denn ich war ungeübt in tröstenden Gesten und Worten. Dennoch ging ich und setzte mich neben ihn, ohne dass wir uns berührten. Eine ganze Weile war es still bis auf das Knistern der Flammen und Guiseppes unterdrücktes Schluchzen. Dann spie er seine Worte förmlich aus:

„Milena betrügt mich! Sie schläft mit Enrico. Seit einem halben Jahr schon."

Milena war Guiseppes Frau. Sie war Ende Zwanzig, wie er, und, soweit ich das beurteilen konnte, sehr schön und sehr untreu. Die beiden hatten beinahe unmittelbar nach der Schule geheiratet und verdächtig rasch eine bezaubernde Tochter bekommen, der kurz darauf eine zweite folgte. Obwohl Guiseppe eine gleichmütige Unerschütterlichkeit zur Schau trug, wusste ich, wie sehr er an seinen drei Frauen hing.

Wir hatten vor einigen Monaten bereits in Rom zusammen Ibsen gespielt und schon damals endlose weinselige Abende mit Diskussionen über die Liebe und den Sinn des Lebens verbracht. Ich mochte ihn wirklich. Mit ihm Liebesszenen zu spielen war leicht, und das war es beileibe nicht immer.

Ich sah also zu, wie das Feuer rötliche Muster auf seine Wangen malte, in seinen Augen glänzte, und ließ sein Unglück durch meine Adern strömen. Dann gab ich es wieder frei. Es war nicht meines.

Entschlossen stand ich auf und zog ihn mit mir fort, nach draußen, weg von dieser Hitze, weg von seinem eingesperrten Schmerz und der Enttäuschung, die sich an den Zimmerwänden die Stirn blutig stieß. Ich zog ihn mit mir in das Labyrinth, wo es dämmerig war und der Boden voller Schatten.

Ich hatte eine Idee. War er nicht Schauspieler mit Leib und Seele, so wie ich? War nicht das Theater seine zweite Leidenschaft, neben Milena? Ich wollte ihn herausholen aus dieser dumpfen Einöde, der er sich hingab, und so warf ich ihm grob die Worte hin:

Wie kamst du her? O sag mir, und warum?
Die Gartenmau'r ist hoch, schwer zu erklimmen;

Die Stätt ist Tod! Bedenk nur, wer du bist,
Wenn einer meiner Vettern dich hier findet!

Es konnte funktionieren, es konnte fehlschlagen. Doch mir fiel nichts Besseres ein, als ihm die Zeilen unseres Stückes entgegenzuschleudern.

Ich hatte Glück. Dankbar ergriff er die Rettungsleine, die ich ihm zuwarf, und es geschah etwas Bemerkenswertes: Aus dem schluchzenden Häuflein Elend Mann wurde binnen Minuten wieder ein Mensch. Zu Tode betrübt, aber stolz.

Wir improvisierten, sprangen von Szene zu Szene, flehten, schmeichelten, drohten und gaben uns hemmungslos der nächtlichen Atmosphäre hin. Schade eigentlich, dass wir in jener Nacht so gänzlich ohne Publikum waren. Ich bin sicher, es hätte sie begeistert.

Als ich meine Wange dann Stunden später auf das Kissen bettete, war ihr Gesicht plötzlich wieder da. Braune Haut auf rötlichem Stein drängte sich in meine erschöpften Träume, und ich wälzte mich ruhelos und verschwitzt hin und her, bis beinahe schon der Morgen dämmerte.

Dann endlich fiel ich in einen todesähnlichen Schlaf.

Ich kam zu spät zum Frühstück.

Also stürzte ich hastig einen ekelhaft lauwarmen Kaffee hinunter, angelte mir ein Croissant, das mir der Rest der Truppe gnädigerweise übriggelassen hatte, und hetzte dann zum Bus, der tatsächlich drei Minuten später abfuhr. Dankbar versteckte ich mich hinter meiner Sonnenbrille und wollte gerade eindösen, als der Bus abrupt wieder zum Stehen kam. Zwei Dutzend Köpfe flogen neugierig nach vorn, als sich die Tür neben dem Fahrer noch einmal öffnete – Maria stieg ein.

Erstaunt starrte ich sie an. Franco war nicht zum Frühstück erschienen, und so waren wir alle davon ausgegangen, dass wir auch sie heute nicht mehr zu Gesicht bekommen würden.

Sie lächelte, doch es galt niemand Bestimmtem von uns, vielleicht galt es ganz einfach dem Tag oder dem Sonnenlicht oder der Tatsache, dass wir nach Florenz fuhren. Was für ein seltsames Wesen sie ist, dachte ich bei mir und konnte den Blick nicht von ihr lösen.

Sie nahm ganz vorn Platz und starrte regungslos hinaus wie eine Statue. Alles, was ich von ihr sah, waren ihr schwarzes Haar und ihr gebräunter Nacken über dem weißen Leinenkleid, der sehr verletzlich und sehr stark zugleich wirkte. Ich ließ meinen müden Blick auf ihm ruhen, zeichnete mit jedem Lidschlag seine Kurve nach, schloss die Augen und stellte mir vor, mein Gesicht an ihm zur Ruhe zu betten.

Ich war erschöpft und aufgekratzt zugleich, eine einst vertraute Mischung, die sich dennoch fremd anfühlte, nach all der Zeit.

Als der Bus mit quietschenden Bremsen auf einem von Touristinnen und Touristen überfüllten Parkplatz in Florenz hielt, war sie die erste, die ausstieg, und ohne sich noch einmal umzudrehen, verschwand sie in der Menge auf dem Bürgersteig, tauchte unter in einem Meer aus Passanten. Ich stand reglos da und suchte sie – doch vergeblich.

Achselzuckend drehte ich mich schließlich um, überwand die leise Enttäuschung in meiner Magengegend und schloss mich der wilden Einkaufshorde an. Doch mir fehlte an diesem Tag der Sinn für italienische Designerschuhe. Sehr schnell klinkte ich mich aus dem allgemeinen Rauschzustand wieder aus und schlenderte statt dessen allein in Richtung des Theaters.

Ich war in einer Großstadt aufgewachsen und demzufolge empfand ich eine gewisse morbide Begeisterung an dem vertrauten Lärm und dem Gestank der Motorroller, die permanent an mir vorbeischossen. Ich genoss das diffuse Stimmengewirr, auf dem ich meine Gedanken treiben lassen konnte.

Ich steckte die Hände in die Hosentaschen und hatte gerade einen Zustand erlangt, der an unbeschwerte Zufriedenheit grenzte, als ich vor dem alten Theater ankam. Erstaunt blickte ich ein zweites Mal hin: Die Fassade war ausgebessert und gestrichen worden. Zwar war das Haus noch immer von einem meterhohen Baugerüst umzingelt, doch sah es entschieden besser aus als bei unserer ersten Besichtigung. Zum ersten Mal durchströmte mich eine leise Zuversicht hinsichtlich unserer Aufführung.

Ich ging um das Gebäude herum und drückte probeweise gegen die Tür des Bühneneingangs. Zu meiner Überraschung gab sie leise seufzend nach, und ich stand in einer dämmrigen Kühle, die sehr alt wirkte, so als ob jeder Atemzug eine ganze Wolke von Erinnerungen aufwirbeln würde.

Auf der Hinterbühne, auf die ich ungehindert gelangte, bildeten Farbeimer und Werkzeugkästen noch immer ein Labyrinth, und es wirkte vertraut nach all den Jahren des Probens in halbfertigen Kulissen – heimelig und chaotisch zugleich. Ein einzelner Lichtkegel erhellt die Bühne nur schwach.

Ich war allein, so dachte ich zumindest. Die abgetretenen Bretter knarrten leicht unter meinen Schritten, und ich trat aus dem Licht heraus und lehnte mich an ein Kulissenteil, um mir vorzustellen, wie es hier in Kürze aussehen würde, wenn wir über das alte Gemäuer hereinbrachen und es wieder mit Leben füllten.

Plötzlich löste sich eine Gestalt aus dem Schatten und trat

auf mich zu. Sie musste mich die ganze Zeit beobachtet haben.

„Du bist auch nicht gerade wild auf Gesellschaft, was?“

Ich zuckte kaum merklich zusammen, und meine gute Laune war verflogen. Maria hatte meine Überraschung bemerkt und lachte leise.

„Wer hätte gedacht, das wir den gleichen Weg haben? Ich war mir nach der Debatte im Bus sicher, dass alle anderen nichts als Designerschuhe im Sinn haben.“

„Ich nicht!“

Meine Stimme klang härter, als ich beabsichtigt hatte. Ich mochte es ganz und gar nicht, überrascht zu werden. Sie begriff das ziemlich schnell.

Beschwichtigend hob sie die Hände.

„Hast du Lust auf einen Kaffee?“

Ich war immer noch verärgert, aber natürlich wollte ich mit ihr einen Kaffee trinken gehen. Also verließen wir das Theater, überquerten die Straße unter Einsatz unseres Lebens und steuerten auf ein Café zu, das mit riesigen grünen Sonnenschirmen für sich warb. Dabei betrachtete ich unsere Silhouetten im Schaufenster eines Herrenbekleidungsgeschäftes. Sie war beinahe genauso zierlich wie ich, aber nicht ganz. Dafür besaß sie im Gegensatz zu mir richtige kleine Brüste. Mein Haar war ebenso kohlschwarz wie ihres, aber kraus und auf Kinnlänge abgeschnitten.

Unser Bild gefiel mir, und ich unterdrückte den Impuls, sie zu berühren, einfach so, mitten auf der Straße, aus reiner Lebenslust. Gleichzeitig war ich erstaunt über mich selbst. Menschen zu berühren gehört ganz entschieden nicht zu meinen Gewohnheiten.

Ich war gründlich verunsichert und steckte mir eine Zigarette an, noch ehe wir unseren Espresso bestellt hatten. Dabei stellte ich fest, dass meine Hände leicht zitterten. Ich hoffte nur, dass sie nicht bemerkte, wie sehr sie mich aus der Bahn warf.

Dann fiel mir auf, dass wir seit unserem ersten Zusammentreffen in der Eingangshalle noch kein Dutzend Worte miteinander gewechselt hatten.

„Hasst du ihn?“

Unsanft landete ich aus meinen Gedankenkreisen wieder auf dem Boden der Realität. Wovon sprach sie?

Geduldig sah sie mich an.

„Franco. Hasst du ihn?“

„Ich weiß nicht.“

Ich blickte ihr direkt in die Augen. Ich hatte nicht erwartet, dass sie so mutig sein würde.

„Und du? Liebst du ihn?“

Ein langes Schweigen folgte. Dann seufzte sie ergeben.

„Nein.“

Auf der Rückfahrt döste ich in der stickigen Hitze des Busses immer wieder ein und taumelte hilflos in einem Zustand zwischen Wachen und Schlafen. Dann jedoch überfiel mich eine ferne Erinnerung und zog mich sanft, aber unnachgiebig in einen Traum, der ebenso real wie grotesk war, denn ich träumte von Stella.

Stella – meine erste große Liebe.

Ich hatte sie in Amerika getroffen, genauer gesagt in Los Angeles, wo ich die ersten Wochen verbrachte, nachdem ich Israel verlassen hatte, im unklaren darüber, wohin mein Weg mich führen würde.

Ein Onkel von mir besaß dort eine Filmproduktionsfirma, und ich half im Büro aus und kellnerte abends in einer Szenebar namens *Pearls*, um mir nebenbei einige Schauspielstunden leisten zu können.

Stella war Italienerin, und von ihr hatte ich jedes einzelne Wort gelernt, das ich hier in Florenz auf der Bühne von mir gab. Ihr Englisch war so schlecht gewesen, dass wir, anstatt die Sprache gemeinsam zu lernen, wie es eigentlich unser Plan gewesen war, immer häufiger ins Italienische verfielen. Verliebt, wie ich gewesen war, hatte ich eine geradezu manische Besessenheit dabei entwickelt, mich mit ihrer Sprache vertraut zu machen. Insgeheim war ich jetzt froh darüber, auch wenn es mich manchmal quälte, ihre zärtlichen Worte von damals in meine Rollen stecken zu müssen.

Eines Tages im Frühling, knapp drei Wochen nach meiner Ankunft dort, hatte Stella in L.A. im *Pearls* auf der Schwelle gestanden, mit nichts als einem unförmigen Rucksack auf den schmalen Schultern, und sich nach einer Bleibe für die Nacht erkundigt. Ich war überwältigt gewesen von ihrem Hunger – Hunger nach allem, was neu und aufregend und lebendig war. Sie wollte vor allem eines: Schauspielerin werden, und sie zweifelte nicht einen Augenblick daran, dass sie das schaffen konnte.

Tatsächlich bekam sie in dem Jahr einige kleinere Rollen in Fernsehserien und Werbespots angeboten, doch dann hatten sich die Bosse der Wundermaschinerie an ihr satt gesehen und wandten sich neuen, vielversprechenderen Talenten zu.

Kurz darauf fand ich Stella nach einem langen Tag zum ersten Mal tränenüberströmt und betrunken auf dem Sofa. Zum ersten, aber nicht zum letzten Mal. Ganz im Gegenteil, denn von da an häuften sich diese Zwischenfälle. Manchmal hatte Stella Frauen bei sich, manchmal Drogen, und beides erfüllte mich mit dem gleichen beißenden Schmerz. Mehr als einmal fragte ich mich, warum ich sie nicht einfach hinauswarf, aber die Antwort war jedesmal dieselbe: Ich liebte sie.

Selbst als sie begann, erst im Morgengrauen heimzukehren, torkelnd und mit einer kleinen, bösen Stimme, brachte ich sie noch ins Bett, hielt sie unermüdlich in meinen Armen, bis sie eingeschlafen war, und zog erst dann sachte mit meinen Lippen die feuchten Konturen ihres Gesichtes nach, bis ich mich so sehr nach ihr sehnte, dass mir beinahe übel wurde.

Am anderen Morgen flößte ich ihr Kaffee und Aspirin ein, und dann, nach einer ganzen Weile, liebten wir uns leidenschaftlich, und manchmal, ganz selten, glaubte ich sogar Stellas geseufzten Versprechen.

Eines Tages war sie verschwunden. Sie stahl das Auto des Nachbarsohnes und fuhr auf einem Highway davon, immer in Richtung Wüste, und sie war wütend, wütend auf mich und die Welt. Doch das war nur der letzte Schritt auf unserer Leiter gewesen, die sich von Anfang an nach unten geneigt hatte.

Damit war für mich allerdings auch das Thema USA erledigt gewesen. Ich kehrte nach Europa zurück und verlegte mich auf das Lernen von Rollen, und schon bald brachte mir meine für meinen Lebenslauf erstaunliche Fähigkeit, akzentfrei Italienisch zu sprechen, meine erste Rolle in Mailand ein.

Die Bitterkeit dieser Geschichte ermahnte mich von Zeit zu Zeit daran, mich nicht auf das Glück zu verlassen. Nicht auf das Glück, und noch weniger auf die Liebe.

Ich stieg verschwitzt und mit leicht zitternden Knien aus dem Bus, ging auf mein Zimmer und warf mich angezogen aufs Bett. In meinem Kopf kreisten meine Gedanken unermüdlich um jene Frage:

Warum brachte diese Frau mich so sehr aus der Fassung?

Was hatte sie an sich, das mir meine Ruhe nahm – die Ruhe, die ich mir in der letzten Zeit so hartnäckig erkämpft hatte?

Ich hatte geglaubt, dass die Zeit des Herzklopfens und der schlaflosen Nächte für mich für lange Zeit vorbei war, ja ich war mir nicht einmal sicher gewesen, ob ich etwas derartiges überhaupt noch empfinden konnte. Ich war den Schmerz so müde gewesen, der jedesmal unerbittlich kam, wenn ich jemanden an mich heranließ.

Ich hatte mich entschieden, die Schauspielerei an die erste Stelle in meinem Leben zu setzen, und in den letzten Monaten hatte dieses Prinzip auch ganz gut funktioniert. Es machte mich glücklich, in Europa spielen zu dürfen, und alles, was darüber hinausging, schloss ich aus, aus purem Selbsterhaltungstrieb. Ich fühlte mich nicht stark genug für eine neue Bindung und doch ... Sie war da.

Maria war einfach in mein Leben spaziert, ohne mich um Erlaubnis zu fragen, und ich wurde ihr Bild nicht mehr los. Sie zu sehen versetzte mir jedesmal einen Stich ins Herz, und trotzdem versäumte ich keine Gelegenheit, ihr über den Weg zu laufen.

Ich wollte sie sehen, ihre Stimme hören, den weichen Klang, wollte sie beobachten, wie sie ging und sich das Haar aus der Stirn strich, wie sie lächelte, wie sie die Augen schloss und den Kopf träumend in die Hände stützte.

Ich wollte herausfinden, was es war, das mich so unglaublich an ihr faszinierte. Doch statt eine Antwort zu finden, schlief ich ermattet ein.

3

Nach dem Abendessen, das aus gebratenem Huhn mit Unmengen von Salat und Weißbrot bestand, setzte Franco eine zusätzliche Probe an. Denn während wir in Florenz das Leben in seiner lauten, quirligen Form aufsogen, hatte er Stunde um Stunde über seinen Regieanweisungen gebrütet, den Text auseinandergenommen und wieder zusammengesetzt, und jetzt konnte ich sehen, wie er darauf brannte, seine Ideen mit uns umzusetzen, sie durch uns zum Leben zu erwecken, ganz so, als wären wir Figuren in seinem überdimensionalen Schachspiel. Ich kannte ihn gut genug, um zu wissen, dass er mit dem Proben nicht aufhören würde, bis sich das Stück hinter seiner hohen Stirn zu einem neuen Ganzen zusammengefügt hatte.

Doch Franco hatte nicht mit der Unlust seiner Truppe gerechnet. Nur widerwillig erhoben sich die meisten, satt, angetrunken und voll von Bildern aus der Stadt, zum ersten Mal herausgerissen aus unserer isolierten kleinen Welt und noch nicht bereit, sich ihr wieder vollkommen hinzugeben. Weil sie mehr forderte als vollkommene Hingabe an die Rolle. Weil sie es uns unmöglich machte, uns selbst herauszuhalten und nichts von unserem eigenen Leben zu geben. Gerade weil sie so weit entfernt von Stadtlärm und Theaterluft war, war sie allumfassend – und besonders.

Ein leises, aber dennoch deutlich wahrnehmbares Murren lag zum ersten Mal, seitdem wir hier waren, in der Luft. Und aus einem unerklärlichen Grund war mir plötzlich beklommen zumute. Die Spannung schwebte beinahe greifbar in der warmen Luft. Sie tanzte in der Finsternis um die hohen Bäume, in die geleerten Gläser und wieder gen Himmel, während Francos starker Wille ein stummes Duell mit uns ausfocht.

Sein dunkler Blick zwang uns schließlich, uns zu erheben und uns auf unsere Positionen für die erste Szene zu begeben. Wieder einmal hatte er gewonnen. Doch sein Sieg war weit weniger eindeutig gewesen als noch bei den Malen zuvor, als es nur darum gegangen war, wie ein Satz in einer bestimmten Szene zu klingen hatte. Ab und an versuchte einer von uns, mit ihm seine Rolle zu diskutieren, und beinahe jedesmal hatte Franco die Oberhand behalten. Ich bezweifle jedoch, dass ihm dies allein durch seinen Zorn oder seine Machtposition gelungen wäre.

Selbst diejenigen, die zum ersten Mal unter ihm arbeiteten, kannten ihn durch Erzählungen von Kolleginnen und Kollegen und durch Zeitungsberichte, und niemand konnte sich der Tatsache entziehen, dass seine Inszenierungen anders waren, anders als alles, was man sonst auf den europäischen Bühnen zu sehen bekam. Großartig, unkonventionell und mutig. Vor allem das: mutig. Weil er sich um das Urteil anderer nicht scherte, wagte er es, dem Publikum etwas zu präsentieren, was andere sich nicht getraut hätten. Es war etwas Besonderes, weil es einem das Gefühl gab, an etwas Teil zu haben, das weitab der ausgetretenen Pfade lag. Nicht umsonst hatte er es gewagt, mit einem kompletten, völlig unbekannten Ensemble die Stadt zu verlassen und die Proben aufs Land und ins Freie zu verlegen.

Der Grund hierfür war nicht nur die Renovierung des Theaters – sicherlich hätte es Ausweichmöglichkeiten in Florenz selbst gegeben, andere Bühnen, andere Säle. Wir waren hier, weil Franco dieses Experiment gewollt hatte, mit uns, mit diesem Stück. Er hatte geahnt, dass die Toskana die richtige Kulisse für *Romeo und Julia* bilden konnte, und war mutig und neugierig genug gewesen, auszuprobieren, was geschah. Dies war es vor allem, was ihn in meinen Augen zu dem Genie machte, als das er überall betitelt wurde.

Doch seine Stellung über uns allen war soeben ins Wanken geraten, und ich war mir sicher: Er wusste es. Und es machte ihn noch zorniger.

Er gehörte zu den Menschen, die Kritik in jeglicher Form niemals zulassen. Seine Meinung stand wie ein Fels in der Brandung gegen unsere. Er gab eine Menge für seine Arbeit, aber er hatte auch viel zu verlieren, denn es würde seinen Kopf kosten, wenn die Inszenierung von der Presse verrissen würde, nicht unseren. Dementsprechend große Kämpfe kostete es, mit ihm um Gesten oder Worte zu feilschen, die man unbedingt so und nicht anders haben wollte. Es dauerte ewig, ihn von einer Änderung zu überzeugen, und man brauchte verdammt gute Argumente, aber so war es stets mit Franco: Er forderte einen heraus, über sich selbst hinauszuwachsen.

Ich registrierte erleichtert, wie er mich mit einer sparsamen Handbewegung zur Seite winkte. Er ließ die erste Szene des ersten Aktes spielen, in der es um den Streit zwischen den Capulets und den Montagues geht, und die Julia taucht glücklicherweise erst in der dritten Szene zum ersten Mal auf. Ich hatte also frei.

Dennoch ging ich nicht. Eine seltsame Anziehungskraft hielt mich am Rand des Gartens fest, machte mich zur Zuschauerin, und diese Rolle verunsicherte und faszinierte mich zugleich.

Miguel hatte aus dem Fundus des alten Theaters in Florenz ein ganzes Arsenal an Bühnenwaffen mitgebracht, so dass endlich richtig gefochten werden konnte. Jetzt steckte er in Ermangelung eines Flutlichts große Fackeln in den Rasen, die einen archaisch anmutenden Kreis bildeten. Ein Kreis, in dessen Mitte Franco stand.

Und da wurde mir auf einmal klar: Er war allein. Er bildete unseren Mittelpunkt, und dennoch musste er einsamer sein als selbst ich in meinen dunkelsten Nächten. Er verschloss sich vor der Möglichkeit einer Beziehung mit anderen; er war gefangen in seinen Visionen, in seiner Arbeit, doch jenseits dessen war er introvertiert und zog sich an geheime Gedankenorte zurück, zu denen niemand Zugang hatte. Zumindest niemand von uns.

Es gibt nur wenige Künstler wie ihn, die sich ihrer Kreativität so hingebungsvoll ausliefern wie Franco, doch der Preis ist zu hoch, viel zu hoch. Es war die Erschöpfung, die ich jeden Morgen in seinen Zügen fand, die Leere, die sich erst durch das Textbuch wieder vertreiben ließ.

Die Medien hatten sich erst im vergangenen Sommer genüsslich die Mäuler zerrissen über die Gerüchte um ihn und seinen Vater, einen einflussreichen Börsenmakler in Rom. Dessen Verachtung für seinen einzigen Sohn, der sich ausgerechnet der Kunst verschrieben hatte, war in Italien schon seit langem kein Geheimnis mehr. Ich konnte den enormen Druck sehen, unter dem Franco als junger Mann bereits gestanden hatte, den Druck, sich zu beweisen. Doch trotzdem empfand ich kein Mitleid für ihn. Seine Vergangenheit machte Franco nur um so gefährlicher.

Ich hockte mich in das feuchte Gras und beobachtete, wie der Rest des Ensembles probte, und während ich die düstere Szenerie betrachtete, zog langsam eine Gänsehaut über meinen Körper. Schatten und Feuer wurden mehr und mehr eins mit den streitenden Gestalten. Die Nacht und die Natur, die uns umgaben, verliehen dem Platz eine Entrücktheit, die düster, geheimnisvoll und wunderschön war.

Ich wünschte mir sehnlichst, malen oder zeichnen zu können, um das Bild in mir festzuhalten, und wusste doch gleichzeitig: Diesen Augenblick bewahren zu wollen war nichts als eine Illusion. So ließ ich es geschehen, dass das Spiel vor mir mich fesselte, und dachte nichts, absolut gar nichts, als sich jemand mit einer fließenden Bewegung neben mir niederließ.

Ich hatte ihre Schritte nicht gehört.

Maria trug ein langes, weißes Kleid, gegen das sich ihre mittlerweile gebräunte Haut klar abhob. Ich schloss für einige Sekunden die Augen. Erst dann sah ich, wie ihr die Haare wirr ins Gesicht fielen, über ihre Stirn, über die sich eine feine Fläche aus Schweißperlen zog.

Mit starren Augen blickte sie auf Franco. Franco, der in der Mitte des Kreises stand und alle Register zog, der schrie und tobte oder schmeichelte, genau in jenem entscheidenden Moment, wenn einer der Schauspieler drauf und dran war, alles hinzuschmeißen. Ja, er war genial, daran bestand kein Zweifel. Er konnte unsere Gedanken erraten, er wusste, wann der Zorn in uns zu groß wurde, wann er einhalten musste und uns nicht weiter reizen durfte. Aber stets handelte es sich nur um eine kurze Verschnaufpause, ehe er erneut begann, seine Anforderungen höher zu schrauben. Es war faszinierend, ihm einmal nur dabei zuzusehen.

Doch es war bedrohlich, sich auf ihn einzulassen, denn er war maßlos in seinen Forderungen. Er wusste nicht, wann es endgültig genug war, wann er einen Schauspieler nicht nur an seine Grenzen getrieben hatte, sondern darüber hinaus. Er besaß zu wenig Sensibilität und menschliche Wärme, um Verzweiflung zu empfinden. Oder falls er es doch tat, dann war es ihm vielleicht gleichgültig. Wenn man selbst nicht genug Mut besaß, ihm zu sagen, dass es höchste Zeit war, aufzuhören, konnte es leicht passieren, dass man die feine Grenzlinie überschritt. Lachend überschritt, weil man ihm glaubte. Ich hatte das erlebt, damals, in Jerusalem. Ich hatte gesehen, was mit meiner Freundin Leah passiert war. Aber ich hütete mich, hier etwas davon preiszugeben.

Maria schien sich vor der atemberaubenden Szenerie, die ihr Geliebter mit den anderen entwarf, an einen versteckten Ort zurückzuziehen. Ihr düsterer Blick ging ins Leere, ihre Schultern waren schützend hochgezogen. Ein leises Zittern ging von ihrem schmalen Körper aus, das sie nicht zu bemerken schien. Ich blickte sie fragend von der Seite an.

„Hast du Angst vor ihm?"

Sie sah mich an, als ob sie in eben jenem Moment erst bemerkte, dass ich da war. Dann, nach einer Weile, schüttelte sie stumm den Kopf und wandte sich wieder dem Schauspiel zu.

Ich suchte nach anderen Worten.

„Ich kannte einmal einen Mann genau wie ihn. Damals lebte ich noch in Jerusalem. Er war mein Lehrer an der Schauspielschule. Er hieß Simon Portman, aber alle nannten ihn nur den Meister. Es gab niemanden unter uns Schülern, der ihn nicht gehasst hätte, aber ebensowenig gab es jemanden, der ihn nicht vergötterte."

Sie pflückte einen Grashalm und wand ihn sich um die schmalen Finger.

„Du bist Jüdin?"

Ich schwieg einen Moment. Ich nickte.

Es war keine gute Zeit, um Jüdin zu sein. Wahrscheinlich war es das nie gewesen, aber seit sich der Konflikt in Israel mehr und mehr zuspitzte, seitdem die Abendnachrichten täglich aufs neue Schreckensmeldungen von Attentaten auf beiden Seiten brachten, hatte ich es satt. Ich war es überdrüssig, immer wieder in politische Diskussionen verwickelt zu werden, die zu keiner Lösung führen konnten.

Ich war es müde. Und noch viel mehr hasste ich den Gedanken, dass ich so verbittert werden könnte wie meine Mutter. Der Wunsch, ohne Vorurteile betrachtet zu werden, einfach als die, die ich war, brannte in mir.

Mit gerunzelter Stirn hing ich meinen Gedanken nach und bemerkte daher erst nach einer geraumen Weile, dass Maria etwas gesagt haben musste. Geduldig blickte sie mich an. Sie wartete.

„Verzeihung, was hast du gesagt?"

Sie blickte zu Boden.

„Ach, nicht so wichtig."

Doch da war noch etwas. Sie wollte mehr sagen, aber sie suchte offensichtlich nach den richtigen Worten, und ich ließ sie gewähren. Darin hatte ich Übung.

„Ich weiß, was du von mir denken musst. Aber so ist es nicht."

Ich lächelte sie amüsiert an.

„Ich denke gar nichts."

Im selben Moment, wo ich es aussprach, wusste ich, dass es nicht stimmte. Ich dachte viel zuviel, und vor allem dachte ich viel zu häufig an diese Frau mit dem schwarzen Haar und den Schultern eines geschlagenen Kindes.

„Ich lernte Franco im vergangenen Frühjahr auf einer Vernissage in Rom kennen. Ich bin Fotografin, und es war meine erste Ausstellung."

Interessant, dachte ich. Tatsächlich hatte ich sie für eine jener Frauen gehalten, die ihren Lebensunterhalt damit verdienen, zu lächeln und gut auszusehen.

„Was fotografierst du?"

„Menschen, Künstler, vor allem Tänzer. Ich arbeite ausschließlich in Schwarzweiß. Vielleicht hast du ja neulich die Kritik der Aufführung von *Undine* in der Mailänder Scala gelesen? Die Fotos dazu waren von mir."

Ich dachte angestrengt nach und holte aus dem Nebel meiner Erinnerungen die Besprechung der Ballettpremiere zurück, die ich tatsächlich gelesen hatte, zwei Wochen zuvor, in einem kleinen Café in Florenz. Vor meinem inneren Auge entstand das Bild einer schmalen Tänzerin. Auf den ersten Blick eines jener Bilder, die so künstlerisch waren, dass ich sie beiseite schob, weil ihr Unterhaltungswert gegen Null ging. Diesmal jedoch hatte mein Auge verharrt, weil irgend etwas in dem Gesicht der Frau mich berührt hatte. Sie hatte unglaublich kraftvoll und dabei gleichzeitig verletzlich ausgesehen.

Ich wollte ihr sagen, wie sehr mich dieses Bild angesprochen hatte, doch sie ließ mir keine Zeit. Hastig sprach sie weiter, so als ob sie sich endlich, nach sehr langer Zeit, entschlossen hätte, ein Geständnis abzulegen, und es nun möglichst rasch hinter sich bringen wollte.

„Er hat mir imponiert. Der große Franco interessierte sich für meine Arbeit! Er hat sich fast den ganzen Abend nur mit mir unterhalten, und am nächsten Tag lud er mich zum Essen ein. Natürlich habe ich ja gesagt."

Ich nickte langsam. Das schien ihr als Antwort zu genügen, denn sie fuhr fort:

„Ich war fasziniert von der Kreativität, die er ausstrahlte. Er bot mir eine Chance, die ich einfach ergreifen musste. Er hat mich auf unzählige Partys geschleppt und mich den richtigen Leuten vorgestellt."

Ich überlegte, ob ich die Frage stellen durfte, entschied mich dann dafür, es zu tun.

„Warum, denkst du, hat er das getan? Hattest du das Gefühl, dass er sich wirklich für deine Arbeit begeisterte? Oder war da noch etwas anderes im Spiel ..."

Ich ließ meine Stimme leise verebben. Ganz plötzlich fand ich die Idee, sie so direkt zu fragen, schrecklich unpassend. Es musste für sie klingen, als ob ihr Talent als Fotografin allein nicht ausreichen könnte, um einen Mann wie Franco zu faszinieren.

„Es tut mir leid. Ich wollte das nicht so sagen."

Doch Maria winkte nur ab.

„Schon gut. Als Gegenleistung schlief ich mit ihm. Es war nicht einmal schlimm, denn er war zärtlich, und ich redete mir ein, dass er mich liebt. Aber das stimmt nicht. Er liebt niemanden außer sich selbst."

Meine Stimme hatte einen bitteren Klang, als ich antwortete.

„Warum gehst du dann nicht?"

Sie wandte mir das Gesicht zu und lachte hart.

„Du denkst, dass das so einfach wäre?"

Sie hatte recht. Es machte mich krank, ihr zuzuhören, dennoch verstand ich sie. Franco gehörte nicht zu jener Sorte Mann, die von einer Frau verlassen wurden. Er gehörte zu denjenigen, die eine Frau verließen.

Ich konnte mir lebhaft vorstellen, was passieren würde, wenn Maria ging. Ohne die geringsten Skrupel würde er dafür sorgen, dass sie in Italien als Fotografin nie wieder ein Bein auf den Boden bekam. Ihre Entscheidung hatte also, einmal getroffen, wesentlich weitreichendere Konsequenzen, als es zunächst den Anschein hatte.

Wir schwiegen eine lange Zeit, dennoch veränderte sich etwas zwischen uns. Die Dialoge drangen über den Rasen zu uns herüber. Ein paar Meter weiter war das Spiel in vollem Gange, und ich fragte mich mit einemmal, wer das Opfer war in diesem verrückten August, in dem der rötliche Staub sich bis in die letzte Pore stahl und die Gedanken vernebelte.

War es Maria, weil sie ein Leben an der Seite Francos führte, aus dem sie nicht – noch nicht – ausbrechen konnte? War er selbst derjenige, der letzten Endes das Opfer war, weil er in einer Illusion lebte? Illusionen für einen Abend waren das, was er verkaufte, und eine Illusion war es ebenso, dass die Frau an seiner Seite ihm gehörte.

Waren es diejenigen, die er gerade wieder vor aller Augen niedermachte und denen vielleicht in diesem Augenblick ein Stück ihrer eigenen Kreativität unwiederbringlich verlorenging? Oder war ich selbst etwa diejenige, die am Ende des Sommers die Rechnung bezahlen musste, weil ich zwischen die Fronten geriet?

Maria legte ihr nacktes rechtes Bein an meines und schloss die Augen. So saßen wir und sagten kein Wort, und ich lauschte meinem Atem nach und dem Blut, das durch ihren Körper floss, so nah. Ich spürte, wie weich ihre Haut war, dort, wo sie meine berührte. Es war ein starkes, sinnliches Gefühl, und in Gedanken schmolz ich zusammen, schloss alles andere aus, bis nichts mehr da war als dieses Gefühl, sie neben mir, und ich berauschte mich daran, ließ meinen Blick nach innen gehen.

Da meine Augen geschlossen waren, überraschte mich sein Angriff um so mehr. Wir mussten eine lange Zeit so dagesessen haben, denn die Fackeln waren beinahe heruntergebrannt, und die meisten meiner Kolleginnen und Kollegen hatten den Garten bereits verlassen. Vor uns ragte die dunkle Gestalt Francos auf wie ein Turm.

Er ergriff Marias Arm und riss sie zu sich hoch, zwang sie in einen rauhen Kuss und zog sie mit sich, nicht ohne mir einen letzten, vernichtenden Blick zuzuwerfen. Sie schien unter seinen Händen kraftlos zu werden wie eine Stoffpuppe.

Und ich saß da im Gras – und tat nichts. Ich tat einfach nichts, ich sah zu, bis sie im Haus verschwunden waren, und Hass und Scham vermischten sich in meinem Mund zu einer beißenden Mischung. Kurz darauf beobachtete ich, wie in ihrem Zimmer das Licht anging. Dann wurden die Gardinen zugezogen, und ich blieb außen vor.

Ich schleppte mich in mein Zimmer im zweiten Stock, hielt mein Gesicht kurz unter den eiskalten Wasserstrahl und warf mich dann, angezogen wie ich war, auf das Bett.

Direkt unter mir war es still, gefährlich still, und ich presste meine Hände flach auf die Matratze und malte mir aus, was sie tat, in diesem Zimmer. Ich fragte mich, wo Franco war. In seinem Zimmer hatte kein Licht geschienen.

Ich stellte mir vor, diejenige zu sein, die bei ihr war, doch meine Träume wurden zunichte gemacht, als ich seine Stimme unter mir hörte, tief und unverwechselbar, gefolgt von Lauten, die ebenso unverkennbar waren. Er nahm sie, dort unten, doch sie blieb still, während sein rhythmisches Keuchen immer lauter wurde.

Ihre Stummheit war schlimmer als alles andere. Ich stopfte mir das Kopfkissen in den Mund und verschloss mir die Ohren mit den Fäusten. Vergeblich. Ich hörte es noch immer. Meine Wut und meine Ohnmacht formten in meiner Kehle einen hilflosen Schrei, doch er verhallte ungehört in meinem Kissen.

Auch am nächsten Morgen war ich von der Probe freigestellt, und ich nutzte die Chance, um zumindest zeitweise den Bildern zu entfliehen, die in meinem Kopf herumspukten.

Drei der Beleuchter, die hier auf dem Gut mangels Scheinwerfern größtenteils arbeitslos waren, hatten in der Nachbarschaft einen uralten VW-Bus aufgetrieben. Im Gegensatz zu unserem Tourbus besaß er eine halbwegs funktionierende Federung, dafür ließen sich die Fenster nicht mehr schließen. Letzteres war jedoch angesichts der Hitze, die sich zunehmend über das Land legte, eine wahre Wohltat.

Mit diesem graublauen Ungetüm unternahmen sie Tag für Tag Ausflüge in die Toskana, und an diesem Tag schloss ich mich ihnen dankbar an. Sie waren nett, handfeste Techniker, die mir kumpelhaft auf den Rücken klopften und mich ansonsten weitestgehend in Ruhe ließen.

Ihr Ziel war diesmal ein antikes Amphitheater, das zwar leicht verfallen war, aber immer noch erhabene Größe ausstrahlte. Wir lösten am Eingang alle eine Eintrittskarte und kletterten dann im grellen Sonnenschein vorsichtig die hohen Stufen hinunter zur Arena. Das Licht war hier wie überall in der Toskana von einer unglaublichen Intensität. Es blendete und schimmerte und täuschte und reizte. Unten angekommen, nahm ich meine dunkle Brille ab und gab mich dem Licht hin. Während die drei Männer ziemlich rasch wieder die Stufen hinaufstiegen, um sich am Kiosk ein Bier zu gönnen, winkte ich ab und hockte mich in den Sand.

Träge ließ ich ihn durch meine warmen Hände rinnen und blickte hinauf zu den Rängen, die langsam zu Staub wurden, und ich stellte mir die Menschen vor, die vor langer Zeit dort gesessen hatten, gespannt auf das Spiel, das ihnen geboten werden würde. Ich lauschte ihren Stimmen, ihrer Heiterkeit und musste unwillkürlich lächeln, auch wenn es eigentlich keinen Grund dafür gab.

Ich war hier, und ich spürte die Energie, die von diesem Ort ausging und an der er mich teilhaben ließ.

Am Abend, als wir alle mit unseren vollgeladenen Tellern auf den Stufen der Veranda saßen, gab es ein Gewitter.

Schon Stunden zuvor hatten sich drohende Wolkenberge über dem Weingut zusammengeballt, und wir hatten uns einen Spaß daraus gemacht, mit besorgten Mienen nach oben zu blinzeln, uns ein „Heute wird es regnen!" zuzurufen und Wetten darauf abzuschließen, wann es losgehen würde. Ich freute mich, als der Himmel gegen zehn unerwartet heftig explodierte, denn damit hatte ich mit meiner Mutmaßung am nächsten gelegen und gewann von Miguel eine Flasche Rotwein.

Obwohl wir innerhalb von Sekunden bis auf die Haut durchnässt waren, rannten wir nicht sofort ins Haus. Der Regen war warm, und wir tanzten auf der Terrasse, lachend und nach Atem ringend. Und Maria mittendrin, nur wenige Schritte von mir entfernt. Ich hätte ewig so weitermachen können, ein derart großes Glücksgefühl durchströmte mich mit einemmal. Ich fühlte mich ihr so nah, weil wir das gleiche taten, weil sie lachte, ebenso wie ich, und weil sie nicht am Rand stand und den Kopf schüttelte über unseren herrlich kindischen Tanz. Wenn ich zuvor noch Zweifel daran gehegt hatte, dass zwischen uns eine Seelenverwandtschaft bestand, dann waren diese jetzt fortgespült.

Kichernd rannten wir schließlich alle ins Haus, um uns in der Eingangshalle tropfend und übermütig vor den Fenstern zusammenzudrängen. Die Blitze tauchten die verlassene Veranda und den Garten in einen surrealen Lichtschein.

Maria stand nah bei der Eingangstür. Sie war allein, und ihr kurzes blaues Sommerkleid klebte an ihr wie eine zweite Haut.

Es gab viel mehr von ihr preis, als es verbarg. Wie schwarze Schlangen schmiegten sich ihre nassen Haarsträhnen um ihr Gesicht, an ihre Ohren, an ihren Hals. Ich konnte meinen Blick nicht davon lassen, von diesen zärtlichen schwarzen Fingern, aber ich wollte es auch gar nicht.

Franco, in Sorge um Flavios kostbares Parkett, begann uns hastig die Treppen hinaufzuscheuchen. Im allgemeinen Aufbruch wich ich vorsichtig zurück zur Bibliothek, und genau in dem Moment, in dem ich mich durch die Tür drückte, die nur angelehnt war, drehte sie sich um und sah mich an.

Maria sah mich einfach nur an, und ich versuchte ein Lächeln, das mir gründlich misslang. Sie verzog keine Miene, und drei Sekunden später, in denen mein Herz einmal aussetzte und dann mühsam weiterschlug, drehte sie sich auf dem Absatz um und verschwand durch eine Tür auf der anderen Seite des Flurs. Erstaunt starrte ich auf die Stelle, wo sie eben noch gestanden hatte und an der nur ein nasser Fleck zurückgeblieben war. Was sollte ich davon halten? Sie hatte mir kein erkennbares Zeichen gegeben, hatte nicht einmal mit der Wimper gezuckt, doch die Art, wie sie mich angesehen hatte, genügte mir, um zu verstehen: Sie hatte stumm mit mir kommunizieren, mir eine Botschaft schicken wollen.

Doch wie genau diese lautete, wusste ich nicht.

Schließlich verzog ich mich in den dunklen Raum hinter mir, gerade noch rechtzeitig, ehe Franco mich entdecken und ebenfalls nach oben schicken konnte. Irgend etwas zwang mich dazu, zu warten. Ich wollte nicht oben in meinem Zimmer eingesperrt sein, nicht jetzt, wo der Himmel so heftig explodierte und die Spannung greifbar in der Luft hing. Nicht jetzt, nachdem ich mit Maria im Regen getanzt hatte. Nicht jetzt, wo die leise Hoffnung bestand, dass sie wartete, genau wie ich, bis sich der Tumult gelegt hatte, und mich dann suchen würde. Ich hätte es in diesem Moment nicht einmal ertragen, mich auf der gleichen Etage wie Franco zu befinden.

Ich stellte mich an den Kamin, in dem an diesem Abend kein Feuer brannte, und wartete also, auch wenn ich nicht so recht wusste, worauf. Doch knapp fünf Minuten später huschte eine Gestalt zur Tür herein. Sie verharrte regungslos am Eingang, bis die Geräusche im Erdgeschoss verebbt waren und das Knallen von Türen und laute Musik von oben verkündeten, dass das Abendprogramm in den Zimmern weiterging.

Dann erst drehte sie sich um und kam zu mir. Sie nahm schweigend meine Hand und zog mich mit sich hinaus.

Wir schlüpften durch die schwere Eingangstür und liefen über die Veranda, die ausgetretenen Stufen hinunter zum Garten. Wir sprachen kein Wort, und der Regen wurde zu unserem Verbündeten, denn er schluckte uns augenblicklich und hüllte uns ein in einen blaugrauen Schleier. Er trug uns mit sich fort, und wir rannten über das nasse Gras und ließen den Regen abperlen von unserem Gelächter.

4

Der Zufall musste uns gnädig gestimmt gewesen sein, denn er sorgte wenige Tage später dafür, dass sich Franco bei dem Versuch, eines von Flavios Pferden zu reiten, ein Bein brach.

Obwohl er natürlich tobte und alle Register seiner bezwingenden Überzeugungskraft vor den Ärzten in der Florentiner Privatklinik zog, bestand keinerlei Aussicht darauf, dass er vor Ablauf einer Woche entlassen werden konnte. Ich gab mir redliche Mühe, betrübt auszusehen. Ich schätze, es gelang mir nicht so ganz, aber was machte das schon.

Alles, was zählte, war die Tatsache, dass Maria von ihm befreit war. Wir lebten auf, und nicht nur wir. Eine wohltuende Entspannung machte sich in der Truppe breit. Wie in dem Moment, in dem der Ballettmeister den Trainingssaal verlässt, wurden die Bäuche nicht länger eingezogen, die Rücken nicht länger durchgedrückt. Schultern sanken erleichtert nach vorn, und ein Grinsen schlich sich auf die Gesichter – wir begannen Spaß zu haben.

Die Proben gingen weiter, doch von nun an unter der Aufsicht von Miguel, und sie intensivierten sich beinahe stündlich. Wir begannen unsere Arbeit bis weit in die Nacht auszudehnen und ließen uns auch durch die Dunkelheit nicht davon abhalten. Miguel verschwand Tag für Tag mit unserem klapprigen Bus in Richtung Stadt, um Stunden später mit einem Haufen Anweisungen und Schweißperlen auf der schönen Stirn zurückzukehren.

Ich spielte mir, wie alle anderen, die Seele aus dem Leib, genoss es, mich unter dem hellen Licht der Toskana zu verausgaben. Mit leicht masochistischen Zügen quälte ich mich wieder und wieder durch die Sterbeszene der Julia, bis ihre Worte aus meinem Bauch aufstiegen und sich unter meiner Zunge sammelten, bis sie meine wurden. Mit lustvoller Energie übergab ich sie der Sommerhitze, die sich auf der Terrasse staute, übergab sie Guiseppe, meinem Romeo, der sie nahm, sie umwandelte in die einzig mögliche Antwort und sie mir auf der Spitze seiner Finger zurückgab.

Der Rest der Truppe, der gerade nicht spielte, versammelte sich auf der Veranda, um uns zuzusehen. Anfangs hielten sie noch halb gerauchte Zigaretten in den Händen, Kaffeebecher, Weingläser. Nach zwei Tagen war es damit vorbei. Eine erwartungsvolle Stille legte sich über das Anwesen, als wir uns zusammenfügten zu einem einzigen Organismus aus endlosen Worten. Der Wille und das Talent, die sich hier einfanden, waren berauschend. Wir spielten, als gäbe es kein Morgen.

Maria saß auf der niedrigen Steinbrüstung, die uns umgab, jeden Tag, jede Nacht. Ihre nackten Füße baumelten herab und wurden braun und staubig. Sie spielte mit ihren schwarzen Locken, die jetzt keine Schlangen mehr waren, so wie im Regen, legte den Kopf auf die angezogenen Knie und sah zu, ohne ein einziges Wort zu sagen.

Manchmal sah ich zu ihr hinüber, und auf ihrem schmalen Nacken blitzte die Erinnerung auf an den Moment, in dem ich sie geküsst hatte, in dem Labyrinth aus gestutzten Hecken, und es hatte geregnet, und Wasser war über unsere Wangen gelaufen, in unsere Augen, durch unsere geöffneten Lippen. Ich hatte das Meer auf ihrer Zunge getrunken.

Ganz still hatte sie dagestanden, so als wäre endlich die große Bescherung eingetroffen, auf die sie schon Jahre gewartet hatte. Dann hatte sie die Augen geöffnet, mich angeschaut und geseufzt, so erstaunt, glücklich und tief, dass mir war, als kratze sie mit ihren Fingernägeln eine kaum sichtbare Spur in meine Herzwände aus Glas.

Wie Diebe hatten wir uns hinterher ins Haus zurückgeschlichen, und ich wusste, sie würde sich in die kalte Mulde in ihrem Bett legen wie ein verwundetes Tier, und er würde seine Hände bald wieder auf das legen, was vermeintlich ihm gehörte.

Unter der Dusche war mir übel geworden, und ich hatte mich im Morgenmantel ins Esszimmer geschlichen und eine Flasche Schnaps geklaut, von der ich wusste, sie würde helfen. Zumindest in dieser Nacht.

Drei Tage nachdem sie zum ersten Mal auf der Brüstung

gesessen hatte, begann sie ihre Kamera zu den Proben mitzubringen, ein riesiges schwarzes Ungetüm, dessen schnelles Klicken uns allen bald seltsam vertraut war.

In dem Moment, wo sie zu arbeiten begann, veränderte sich ihre Haltung komplett. Aus dem verträumten Mädchen wurde eine hellwache Jägerin, deren Körper gespannt war bis in die Zehenspitzen. Und ich merkte, dass sie mich beobachtete. Sie wartete, wartete unermüdlich auf „den" Moment, wenn das Bild vor dem inneren Auge sich in dem Motiv wiederfand. Dann erst klickte der Auslöser.

Nicht dass es mich ängstigte. Aber es machte mich verlegen. Denn als sie mir die Abzüge zeigte, stellte ich fest, dass sie eine Facette von mir erkannt hatte, die nur wenige Menschen je zu Gesicht bekamen. Mit jedem ihrer Bilder näherte sie sich der Frau an, die tief in mir verborgen lag, und ich konnte kaum begreifen, dass sie, je näher sie kam, nicht von mir abließ.

Schweigend betrachtete ich ihr Gesicht. Sie wandte mir ihr Profil zu, denn wir hatten uns beide nebeneinander über ihre neuesten Abzüge gebeugt. Prüfend ließ ich meinen Blick über jede Einzelheit gleiten, über ihre gesenkten Lider mit den tiefschwarzen Wimpern, über ihren Mund. Gedankenverloren strich sie sich die Haare von der Wange und schob sie hinters Ohr. Ich suchte immer noch. Nach der altbekannten Abwehr, nach dem Zorn, nach den Anzeichen dafür, dass das, was sich langsam zwischen uns entwickelte, bereits vorbei war. Ich kannte das, es war mir vertraut. Sie wäre nicht die erste gewesen, die ging, weil ich nicht erfüllen konnte, was sie sich wünschte. Bei Stella war es genauso gewesen.

Aber in Marias Zügen war nichts dergleichen zu lesen. Wie konnte sie den Schmerz und die Abwehr sehen und trotzdem lächelnd neben mir stehen?

Mit ihrer rechten Hand hielt sie sich die langen Haare aus dem Gesicht, und ich richtete meinen Blick auf ihre schlanken braunen Finger, denn es war einfacher, zu ihnen zu sprechen als zu ihren unergründlichen Augen.

„Wie kommst du darauf, dass ich das bin? Es könnte nichts sein als die Rolle, die ich spiele, die Szene, die Worte, die man mir in den Mund gelegt hat. Was macht dich so sicher?"

Da schaute sie hoch, und ich begriff, dass sie genau wusste, wovon ich sprach. Es war dieses eigentümliche Verständnis, das von der ersten Minute unseren Kennenlernens zwischen uns geherrscht hatte und das mir manchmal Furcht einflößte, denn ich war es nicht gewohnt, dass man in mir las wie in einem offenen Buch. Ich wusste nicht, was ich davon halten sollte, aber es war mir nicht wirklich unangenehm. Es war eher – aufregend.

„Ich weiß es. So einfach ist das manchmal."

Ich gab endlich die stumme Zwiesprache mit ihrer Hand auf und blickte ihr in die Augen. Sie hielt mir stand, und schließlich nickte ich. Denn ich musste zugeben, dass sie recht hatte. Sie wusste viel mehr von mir, als ich ihr erzählt hatte.

Und erst da ging mir auf, dass es umgekehrt nicht der Fall war. Ich hatte mich bis jetzt damit begnügt, sie zu beobachten, und es hatte mich auf eine gewisse Weise berauscht. Aber plötzlich wollte ich mehr. Es überkam mich wie Heißhunger und hielt mich fest.

„Woher kommst du?"

Sie ließ meinen Blick los und schaute über den Garten hinweg in die Ferne, und erst dachte ich, ich wäre mit meiner Frage zu weit gegangen, und wollte sie schon zurücknehmen, als sie zu Boden sah und geistesabwesend einen Stein zu ihren Füßen wegkickte. Da verstand ich: Sie überlegte.

„Ich stamme aus Neapel, wo mein Vater als Buchhalter in einer Fabrik arbeitete, die Dosen für geschälte Tomaten herstellte. Das war, bevor er anfing, sein Gehalt zu versaufen und schließlich mit der Frau des Nachbarn nach Messina durchbrannte. Meine Mutter hat mich und meine zwei Brüder ziemlich allein großgezogen. Aber ich vermute, das ist nicht das, was du wissen wolltest?"

Ich schüttelte den Kopf. Natürlich war es wichtig, denn es war ihre Familie. Doch mir ging es um etwas ganz anderes.

Ihre Stimme klang vollkommen emotionslos, als sie fortfuhr.

„Vor zehn Jahren etwa, mit neunzehn, bin ich nach Rom geflohen, habe mich an der Kunstakademie eingeschrieben und nebenbei bei einem Fotografen gejobbt, um mir das Studium zu finanzieren. Ich hatte Glück und war zur richtigen Zeit zur Stelle, als bei einer Tageszeitung eine Fotografenstelle frei wurde."

Ich begriff plötzlich, warum sie neben ihrer Zerbrechlichkeit diese ungewöhnliche Härte besaß. Ich fragte mich, warum ich mich von ihrer perfekten Aufmachung hatte täuschen lassen, begriff dann aber, dass genau das ihre Absicht gewesen war, und entspannte mich ein wenig.

Nichts an ihr verriet ihre Herkunft, aber es hatte harte Arbeit für sie bedeutet.

Sie war nicht wie andere Frauen, die ich im Laufe der Jahre kennengelernt hatte. Sie war überhaupt nicht wie irgendwer. Sie war etwas Besonderes, und bei dem Gedanken daran durchfuhr mich ein seltsamer Schmerz, der noch lange Zeit in meinem Herzen festsaß.

Am Tag darauf drückte sie mir einen Zettel in die Hand. Er war zweimal gefaltet, und das muschelweiße Papier war leicht klamm geworden durch ihre Finger. Ich legte meine eigenen genau darüber und bildete mir ein, die Feuchtigkeit spüren zu können, sie aufsaugen zu können, ganz einfach, weil ich es so wollte.

Schwer wie ein Schatz wog der Zettel in meiner Hand, als ich ihn mit mir die Treppe hinauftrug, jede Stufe ein lautloser Schritt.

Ich kostete es aus, den Moment hinauszuzögern, in dem ich ihre Worte freiließ. Der gefaltete Zettel lag auf dem Tisch am Fenster, während ich mich auszog, duschte. Er lag unberührt da, während ich still eine Zigarette rauchte, und ich ließ es zu, dass die Schatten meines Zimmers auf dem Tisch über ihn hinwegstrichen und er ihre Farbe annahm.

Und dann öffnete ich ihn.

„Ich warte um 21 Uhr am Tor auf Dich. Dieser Abend gehört uns."

Nichts weiter. Kein Gruß, keine Erklärung. Und: Es war keine Frage.

Ich sah auf die Uhr – zwanzig vor neun. Ich stöhnte auf. Dann gab ich mir ganze drei Sekunden, um nachzudenken, stand auf und öffnete die Türen meines Kleiderschrankes. Eine Symphonie an Schwarz präsentierte sich mir. Ich trug beinahe nur Kleider in dieser Farbe, seitdem Stella mir einmal gesagt hatte, dass ich umwerfend darin aussah.

Für einen Moment hielt ich inne und dachte an ihre Worte, dann musste ich lächeln und ließ die Erinnerung gehen. Sie war nicht mehr als eine Erinnerung, verblasst und liebgewonnen, doch durch Marias Anwesenheit trat sie mehr und mehr in den Hintergrund. Sie sahen sich nicht einmal ähnlich, von den schwarzen Haaren einmal abgesehen; sie waren beide Italienerinnen, doch sonst so verschieden wie Feuer und Wasser.

Ich wünschte ihr Glück, wo immer sie auch sein mochte, und wandte meine Gedanken wieder dem Heute zu.

Entschlossen griff ich nach einem Hosenanzug und einem Hemd mit Spaghettiträgern. Einen BH trug ich fast nie. Ich legte dunklen Kajal und Lippenstift in der Farbe von Sauerkirschen auf, ehe ich die Tür hinter mir ins Schloss zog.

Dieser Abend gehörte uns.

Maria entführte mich in ein kleines Restaurant in Siena, in dem wir die einzigen Touristinnen zu sein schienen.

Auf dem Weg dorthin beobachtete ich ihre Hände, die ruhig und sicher auf dem Lenkrad des VW-Busses lagen, und stellte nicht zum ersten Mal fest, dass ihr Äußeres über die Kraft, die sie in sich trug, hinwegtäuschte. Ich fühlte mich geborgen an ihrer Seite. Als ich dieses Gefühl wahrnahm, sann ich ihm erstaunt nach. Wann hatte ich zuletzt so etwas wie Geborgenheit verspürt? Ganz sicher nicht im Hause meiner Mutter. Es musste bei Tante Helene gewesen sein, in den Schulferien, doch ich konnte mich nicht genau erinnern.

Tante Helene ist die ältere Schwester meines Vaters, und sie verbringt die Sommermonate jedes Jahr an der Küste, allein. Sie hat früh geheiratet, zwei Söhne bekommen und ihr Leben ihrer Familie gewidmet. Als ihr Mann David vor zehn Jahren einem Herzinfarkt erlag, hat sie beschlossen, von da an nur noch Dinge zu tun, die ihr Spaß machen. Seitdem arbeitet sie als Journalistin, und ihre scharfsinnigen Artikel, die sich ausschließlich um politische Themen drehen, werfen in mir stets die Frage auf, wie sie ihr früheres Leben so lange hat ertragen können. Sie besitzt eine großzügig geschnittene Stadtwohnung in Jerusalem, spartanisch eingerichtet wie von einem japanischen Designer, und einen Bungalow an der Küste, der das genaue Gegenteil bildet. Er ist voll mit Antiquitäten, Farben und Düften, skurrilen exotischen Dingen, die dem Auge der Betrachterin nicht den geringsten Hinweis auf ihre Funktion liefern – ein Zeugnis für jede Reise, die sie unternommen hat. Sie selbst ist eine kleine, schlanke Frau mit kurzgeschorenem grauem Haar. Warmherzig, großzügig und mit einem Humor gesegnet, der manchmal zynisch, jedoch niemals verletzend ist.

Maria hatte bemerkt, dass ich ihre Hände betrachtete. Amüsiert erwiderte sie meinen Blick. Ich versuchte ein Lächeln, doch dann spürte ich, wie ich errötete, und wandte mich hastig zur anderen Seite. Das Fenster stand offen und ließ die ersten Geräusche der Nacht ungehindert ins Wageninnere, und ich kühlte meine Wangen im leichten Fahrtwind.

Sie legte eine Cassette ein und drückte einen Knopf. Die rauchige Stimme von Marla Glen schmiegte sich vertraut in mein Ohr. Ich lehnte mich zurück, noch immer lächelte ich.

Das Restaurant befand sich im Keller eines alten Hauses, und bis auf die Tatsache, dass im Hintergrund italienische Opernarien dudelten, fühlte ich mich dort auf Anhieb wohl.

Der Kellner, der uns zu unserem Tisch führte, war klein und schmächtig, doch sein Leben musste außergewöhnlich glücklich sein, denn nicht für eine Sekunde an diesem Abend hörte er auf zu lächeln. Das Lächeln schwebte neben den winzigen Schweißperlen, und das wirklich Bemerkenswerte daran war, dass es auch in seinen Augen stand.

Erst später erfuhr ich, dass seine einzige Tochter seit einem guten halben Jahr im Rollstuhl saß. Claudia war ihr Name, und sie hatte mit ihrem Freund zusammen einen Motorradunfall gehabt, den sie nur knapp überlebte. Ihr Freund war im Krankenhaus gestorben, und seitdem weinte sie sich jede Nacht die Augen aus dem Kopf. Doch der Mann lächelte, während er das erzählte, und ich konnte meinen Blick nicht von ihm abwenden.

„Denn bedenken Sie, sie lebt, und dafür bin ich jeden Tag dankbar!“

Ich hörte ihm zu und verstand und brauchte nicht zu fragen, wie er lächeln konnte, und dann schwappte plötzlich wie eine Woge der Hunger nach Leben über mich hinweg. Gierig atmete ich den Abend und verspürte das Verlangen, meine Lippen mit geballten Fäusten zu versiegeln, um nicht laut zu schreien: JETZT!

Maria saß da, ganz still, und ich wünschte im nachhinein, ich hätte sie in diesem Moment in die Arme genommen und an mich gedrückt, einfach so, dort, vor aller Augen, ganz egal, wie viele brave Familien anwesend waren, und den Schmerz von ihr genommen, so gut ich konnte. Aber ich tat es nicht.

Der Tisch stand zwischen uns wie eine Mauer, und erbost betrachtete ich ihn. Das Tischtuch war rosa – wie sehr ich diese Farbe verabscheue! Babyrosa, kleines Mädchen, liebes Kind. Ich senkte meinen Blick weiter und betrachtete meine Finger, die zu schlafen schienen, und war einen Moment erstaunt, dass sie zu mir gehörten. Zwischen ihnen und Marias schmalen Händen gegenüber lag ein ganzer Ozean. Ich schätzte sorgsam ab, wie viele Tagesreisen es wohl sein mochten, aber dann lachte sie laut auf und warf meine Berechnungen mit ihren Mundwinkeln über den Haufen.

Mühelos zerteilte ihre rechte Hand die Fluten, umschiffte die Klippen von Salzfass und Pfefferstreuer, vollführte einen eleganten Halbkreis um den Kerzenhalter aus weißem Porzellan und legte sich warm auf meine Linke. Ich blickte auf, direkt in ihre Augen.

„Was trinkst du?“

Sie waren tiefblau. Blau wie der Sommerhimmel. Endlos. Hypnotisiert versenkte ich mich hinein, so als läge ein Magnet hinter ihnen verborgen, hinter ihrer Stirn, der mich unablässig ansog in eine Welt, die ihren Fotografien glich: schwarzweiß und voller Schatten.

„Rotwein."

Hatte ich das wirklich gesagt? Das Wort hing einsam und bedeutungsschwer im Raum. Die Weinkarte wurde eilends gebracht, und die Verwirrung lüftete sich etwas. Ich nahm wieder wahr, wie die Luft ganz leicht nach Gewürzen schmeckte, nach Thymian und Basilikum und Rosmarin, und nach den Rosen, die in der bauchigen Glasvase auf unserem Tisch schon beinahe verwelkt waren. Irgendein Tenor schmetterte im Hintergrund noch immer süßliche Arien.

Wir bestellten Pasta, und das nicht zu knapp. Während wir uns durch Berge von Nudeln aßen, blieb nicht allzuviel Gelegenheit für Konversation, und ich entspannte mich allmählich wieder. Wir kamen auch ohne große Wortwechsel aus, und das Schweigen lastete keineswegs auf uns.

Wir verstanden uns einfach so, durch die bloße Anwesenheit und Wachheit unserer Körper, doch wenn wir sprachen, dann wirkten die Worte wärmer und wahrer als sonst, und wir tränkten sie mit unserem Lachen, denn wir stellten fest, dass wir den gleichen Humor besaßen.

Schwer floss der Wein durch meine Adern, und ich genoss den süßen Nebel, den er in meinem Kopf hinterließ. Er tauchte alles in ein sanftes Licht und machte unsere Blicke weich und zärtlich. Fasziniert beobachtete ich, wie ihr Zeigefinger Kreise zog auf meiner rechten Hand. Meine Haut schien zu brennen, dort, wo sie sie berührt hatte.

Ich hielt ganz still, damit sie nicht aufhörte, mich zu streicheln. Je länger sie damit fortfuhr, desto mehr wollte ich. Ich wollte sie in meinen Armen halten und mich mit geschlossenen Augen an ihrem Duft berauschen. Ich wollte ihr nahe sein und sie noch einmal küssen. Ich musste wissen, ob ihre Küsse bei Nacht genauso schmeckten wie tagsüber im Regen.

Endlich zahlten wir und gingen über das Kopfsteinpflaster zu unserem Auto. Sie fuhr, ich ließ mich treiben.

JETZT. Das wollte ich.

Bis auf die Sterne war es dunkel und leer um uns, nur Felder und Wiesen und Himmel sah ich, und sonst nichts, Marias Hände auf dem Lenkrad, ruhig und sicher. Sie waren mir jetzt schon vertraut. Sie fuhr langsam und konzentriert und ohne den Blick zur Seite zu wenden. Ihre Stimme war sehr leise, als sie sprach.

„Möchtest du spazierengehen?“

Ich nickte stumm, aber sie musste es trotzdem gesehen haben, oder aber sie spürte meine Einwilligung.

An einem einsamen Feldweg hielt sie schließlich an. Eine einzelne Zypresse stand dort, ganz so, als hätte sie schon lange auf uns gewartet. Als der Motor erstarb, war es zunächst totenstill, dann erhob sich wieder das Gezirpe der Grillen. Wir stiegen aus, kletterten über das hölzerne Tor, das den Weg von der Straße trennte und schon leicht verfallen war, und gingen hinüber zu dem Baum. Das Gras war weich und ein wenig feucht von der Nachtluft, und ich genoss es nach dem Lärm und der Fülle des Restaurants, auf ihm zu gehen und meinen Körper zu spüren bei jedem Schritt.

Dann trat ich in den Schatten der Zypresse. Mein Kopf war leer und voll zugleich, ich dachte nichts und doch vieles und vor allem eines: dass ich sie wollte, hier und jetzt, unter meinen Händen, auf meinem Mund.

Mit kühlen Fingern legte sich die Nacht auf meinen Nacken,

leckte mit ihren bleichen Lippen über meine Haut, doch noch bevor ich frieren konnte, kamen Marias warme Hände und wischten sie fort. Sie streichelten meine bloßen Arme, nahmen alles mit, was nicht dorthin gehörte, bis nichts übrig blieb außer meinem Kern, der sie begehrte – sie und nichts sonst.

Die schmalen schwarzen Schlangen fielen über meine Schultern, und dann drehte ich mich endlich um und nahm sie in meine Arme, wie ich es gleich hätte tun sollen.

Sie erwiderte meine Umarmung. Dann schob sie mich ein Stückchen von sich und zog sich ihre Bluse aus. Sie fiel zusammen mit dem BH ins Gras, und ich betrachtete staunend ihre kleinen, festen Brüste. Ihre Haut leuchtete in der Dunkelheit beinahe, und ich zögerte, sie zu berühren, weil ich mich nicht losreißen konnte von ihrem vollkommenen Anblick. Sie musste mein Zaudern bemerkt haben, denn sie griff nach meinen Händen und legte sie auf ihre Brüste. Sie fühlten sich warm und lebendig an unter meinen Fingern, und ihre Brustspitzen zogen sich zusammen, als ich sie behutsam streichelte.

Maria hielt ihre Augen geschlossen und schien auf meine Berührung zu lauschen.

Wir legten uns im Schatten des Baumes ins Gras, unsichtbar von der Straße, verschmolzen mit der Nacht und tränkten unsere Münder mit dem Atem der anderen. Ich ließ meine Finger auf ihrer weichen Haut tanzen, die ganz neu schmeckte, stahl die jahrealte Sehnsucht von ihrer Brust, ihrem flachen Bauch unter den gewölbten Rippen. Ihre Lust nach meiner Berührung rann über meine Hände, brandete an meine Fingerspitzen, umschloss mich wie ein tiefer Brunnen. Ich küsste ihr die stummen Schreie von den Lippen, bis sie sie mir entzog, doch nur, um meinen Körper damit zuzudecken.

Sterne und Schatten. Und vor allem dies: JETZT.

5

Es war dunkel und still um mich herum, jedermann im Haus schien zu Bett gegangen zu sein. Durch das geöffnete Fenster von Marias Zimmer wehte ein leichter Wind, der die Vorhänge zu einem seltsamen Tanz einlud. Ich setzte mich halb auf im Bett und verharrte.

Ihr Atem neben mir ging tief und regelmäßig. Ihre Schulter berührte sachte meinen Arm, sie hatte sich wie eine Katze auf der Seite zusammengerollt. Es war etwas Rührendes, Ursprüngliches an diesem Bild, das meinen Blick fesselte. Dennoch erhob ich mich vorsichtig, kletterte über ihren warmen Körper hinweg aus dem Bett und setzte meine nackten Füße auf das glatte Parkett.

Ich war ruhelos. Ich war es nicht mehr gewohnt, in der Nacht einen Körper neben mir zu spüren. Ich sehnte mich nach einer Zigarette und Raum um mich herum.

Ich strich mit der Hand über sie hinweg, ganz zart, um sie nicht aufzuwecken. Sie seufzte leise und vergrub den Kopf tiefer im Kissen. Dann griff ich nach meinen Kleidern, zog sie rasch an und drückte die Tür hinter mir lautlos ins Schloss.

Die große Treppe war verlassen, genau wie die Eingangshalle.

Uns zuliebe ließ Flavio in diesem Sommer die Eingangstür unverschlossen. Ich wusste, dass viele von uns nachts schlecht schliefen und dann draußen saßen, allein, zu zweit oder auch in kleinen Grüppchen, rauchend, redend und manchmal auch schweigend. Ich wusste es, weil ich diese Angewohnheit an anderen Orten selbst gepflegt und mich oft erst mit der Dämmerung schlafen gelegt hatte.

Hier war es anders gewesen.

Ich hatte allein sein wollen, immer öfter, allein mit meinen Gedanken. Ungestört hatte ich ihnen nachhängen und in der Dunkelheit meines Zimmers, die mich schützend umgab, erneut Bilder heraufbeschwören wollen – von Maria, ihrem Gesicht, ihrer Stimme. Ich hatte sie bei Tag in mich aufgesogen, um mich von ihnen in meine Träume begleiten zu lassen.

Und nun war sie da. Und plötzlich war ich diejenige, die ging?

Die Eingangstür knarrte leise, dann war ich draußen, und die Nachtluft griff ungehindert in meine Locken. Willig gab ich mich ihr hin.

Dann steckte ich die Hände tief in die Taschen meiner schwarzen Hose und schlenderte über die Terrasse, die zersprungenen Stufen hinunter und hinab in den Garten. Schade eigentlich, dass ich in all der Zeit noch nie nachts hier draußen gewesen war, wo ich doch die Nacht so liebte. Das Anwesen besaß jetzt eine besondere, verzauberte Atmosphäre, die sonst nur zu ahnen war.

Eigentlich hätte ich das wissen müssen. Der Tag erschien mir häufig blass, so dass ich ihn halb verschlief, ehe ich mich wieder fertig machte, um zur Probe zu gehen. Ich genoss es, zu frühstücken, wenn alle anderen beim Lunch saßen, mir einzubilden, ich wäre von dem Zug, der „Alltag“ hieß, abgesprungen. Natürlich war das eine Illusion. Aber eine wunderschöne.

Die feuchten Grashalme kitzelten meine bloßen Knöchel, und beinahe musste ich lächeln. Der Mond war verschwunden, dennoch war es hell, so als würden die Erde und die Pflanzen selbst ein unirdisches Licht an die Geschöpfe verschenken, die mutig genug waren, sich dieser späten Stunde zu stellen. Die Uhr oben in der Halle schlug zwei.

Ich zündete mir eine meiner heißgeliebten Zigaretten an. Da hörte ich Stimmen hinter den Büschen zu meiner Linken, ganz am Ende des Gartens, dort, wo der Rasen in die Ursprünglichkeit eines verwilderten Feldweges überging. Er war halb überwuchert von stacheligen Büschen, und zur Mittagsstunde duftete es dort im Umkreis von etlichen Metern nach Fülle und Fruchtbarkeit und Verführung.

Es waren zwei Männerstimmen, die ich rasch erkannte: Guiseppe, mein Romeo, und Frederico. Letzterer war ein älterer Schauspieler aus Madrid, Mitte Fünfzig, schätzte ich, der den Part des Apothekers übernommen hatte. Die Rolle war nur klein, ein sicheres Anzeichen dafür, dass es mit Fredericos künstlerischer Karriere nicht zum besten stand.

Die beiden probten hier draußen, zu so später Stunde, jene kurze Szene, in der der Apotheker Romeo das tödliche Gift verkauft. Sie ist kurz, doch entscheidend, und ich liebte sie, also ging ich langsam näher.

Ich drückte mich in den Schatten eines riesigen Heckenrosenbusches, wo nur die Zigarettenglut mich im Zwielicht hätte verraten können. Doch die Männer waren viel zu sehr in ihrer eigenen Welt gefangen, um ihre heimliche Zuschauerin zu bemerken.

Sie standen sich in der Mitte des Feldweges gegenüber, bekleidet jeweils nur mit einer alten, abgetragenen Jeans, denn es war heiß hier, furchtbar heiß. Die Wärme des Tages schien sich mit aller Macht auf diesem Fleck halten zu wollen, sie stieg auf aus dem Staub und wurde zurückgeworfen von den Pflanzen. Ich stand verborgen im Dunkeln und rauchte und beobachtete sie und dachte gleichzeitig darüber nach, dass Fredericos Zeit auf der Bühne bald zu Ende gehen würde.

Ich hatte eine Vision von einem einsamen Zimmer, auf dessen Tisch nichts als eine halbgeleerte Flasche Wein stand, und es stimmte mich seltsam traurig, auch wenn ich eigentlich nichts von Frederico wusste, ja nicht einmal ahnte, wir er lebte und in Zukunft leben würde.

Ich fragte mich, was ich eigentlich überhaupt von den Menschen wusste, mit denen ich Tag für Tag spielte, und musste zugeben, dass es verschwindend wenig war, von Guiseppe und Miguel vielleicht einmal abgesehen. Doch dann wurde mir klar, dass ein größeres Wissen um die anderen eine größere Offenheit meinerseits erfordert hätte, und diesen Gedanken verwarf ich schnell wieder.

Ich pflegte meinen Ruf als Einzelgängerin sorgfältig, denn insgeheim liebte ich die dunklen Stunden und die schweren Träume, die dieser Status mit sich brachte. Dann fiel mir auf einmal wieder die Frau ein, die oben im Haus in ihrem Zimmer schlief und davon überzeugt war, mich beim Aufwachen an ihrer Seite zu finden. Ich lauschte in mich hinein und wartete, wartete auf ein Gefühl des Unwohlseins bei diesem Gedanken, aber es blieb aus. In mir waren einfach nur Zärtlichkeit und der Wunsch, ihre schwarzen Locken um meine Finger zu wickeln, immer dichter, bis ich umhüllt war und beruhigt einschlafen konnte.

Ich sah zu, wie die kleine Flasche mit Gift für den verzweifelten Romeo den Besitzer wechselte, dann entschied ich, dass es Zeit war, zu gehen.

Maria schlief noch, als ich am nächsten Morgen erwachte. Sehr spät in der Nacht hatte ich mich nachdenklich und mit verrauchten Lungen zurück in ihr Bett geschlichen, mich an ihren warmen Rücken geschmiegt und auf ihren gleichmäßigen Atemzügen in den Schlaf tragen lassen. Tief und traumlos wie selten war er gewesen, und obwohl es noch früh sein musste, fühlte ich mich ausgeruht und lebendig. Das war seltsam, gemessen an der inneren Unruhe, die mich in der vergangenen Nacht fortgetrieben hatte. Vor wenigen Stunden noch hatte ich geglaubt, nicht mehr atmen zu können, solange ich ein Bett mit ihr teilte, hatte ich mich zutiefst gesehnt nach der Einsamkeit draußen. Doch dort angekommen, hatte ich dann diese übergroße Zärtlichkeit in mir verspürt. Was war los mit mir?

Ich war zu ihr zurückgekehrt, und der unruhige, von dunklen Träumen durchwobene Schlaf, der mich sonst meist quälte, war von mir gewichen. In ihren Armen hatte ich mich zum ersten Mal seit langer Zeit wieder fallenlassen.

Ich betrachtete die Züge ihres Gesichtes, das von den wirren dunklen Locken umrahmt wurde. Ich konnte es nicht mehr vergessen.

Sie träumte, ihre Lider zuckten leicht, und die langen Wimpern warfen geschwungene Schatten auf ihre Wangen. Die Spitze ihrer Nase war ein wenig nach oben gebogen, Richtung Himmel, ihre Lippen waren blass heute, ein eigentümlicher Ton, so als hätte sich das Blut zurückgezogen an einen tieferen Ort, in ihr Herz, um zu ruhen, um zu schlafen.

Die dünne Decke war von ihrem Körper herabgerutscht, sie entblößte ihre schmalen Schultern, ihre festen Brüste, die vollkommen waren, ganz im Gegensatz zu meinen, die die Bezeichnung kaum verdienten, und die braune Rundung ihres Bauches. Ihr rechtes Bein lag über meinem linken.

Ich konnte der Versuchung nicht widerstehen, sie zu berühren, die Schönheit von ihrer ruhenden Haut aufzusammeln und in die geheimen Taschen meiner Erinnerung zu schieben, damit ich nicht eines Tages vergessen hätte, wie es gewesen war, mit ihr, an diesem Morgen.

Sie erwachte durch meine Hand, schlug die Augen auf und blickte mich an. Und dann lächelte sie, ohne ein Wort zu sagen, und nahm mich in ihre Arme. Sie ließ ihre Finger auf meinem Rücken tanzen. Hinauf und hinab, keinen Wirbel ließ sie aus, und sie reckten sich ihr genüsslich entgegen.

Ich seufzte wohlig, doch dann veränderte sich der Rhythmus ihrer Fingerspitzen, zunächst unmerklich, dann drängender, wurde langsam und intensiv. Mein Atem entglitt mir.

Ihr Körper, noch immer warm vom Schlaf, drückte sich gegen meinen, und ich küsste sie auf ihre blassen Lippen und trank von dem Blau in ihren Augen, bis sie sie schloss. Es war, als würde dasselbe Blut durch uns beide hindurchfließen, und wir hielten uns an den Händen und lachten und sanken immer tiefer, und keine von uns unternahm auch nur den Versuch, es aufzuhalten.

Natürlich saßen alle anderen vom Ensemble längst am Frühstückstisch, als wir es endlich aus der Dusche in die Kleider vom vergangenen Abend geschafft hatten und die Treppe hinabstiegen.

Wir hielten uns noch immer an den Händen, als wir das Esszimmer betraten. Es wurde still. Das monotone Geklapper und Gemurmel setzte für einen Moment aus, als sich beinahe alle Blicke zu uns wandten. Verstohlene Ellenbogen erinnerten auch die Nachzügler daran, ihre ganze Aufmerksamkeit auf uns zu richten.

Es war seltsam, in all die schockierten Gesichter zu blicken, und auch irgendwie komisch. Denn ich glaube nicht, dass sie tatsächlich vorhatten, uns zu beleidigen. Wir hatten mehrere Schwule im Ensemble. Davon abgesehen: Es gab so viele verschiedene Lebensformen und -ansichten hier, dass es unmöglich gewesen wäre, uns alle für einige Monate unter einen Hut zu kriegen, wenn eine solche Engstirnigkeit vorgeherrscht hätte.

Das Aufregende war nicht, zwei Lesben zum Frühstück serviert zu bekommen. Das Schockierende war allein die Tatsache, dass eine davon die Geliebte des Regisseurs war, während die andere die weibliche Hauptrolle in seinem Stück spielte. Und selbst das wäre keiner Aufregung, die über den Frühstücksklatsch hinausging, wert gewesen, hätte es sich nicht um Franco gehandelt, der betrogen wurde.

Niemand wagte es, das Wort zu ergreifen. Doch ich war mir sicher, innerlich zollten uns diejenigen, die schwer unter seinem cholerischen Talent zu leiden hatten, Beifall für unseren Mut. Wahrscheinlich war es eher Tollkühnheit, ihm auf diese Weise die Stirn zu bieten, aber an diesem Morgen war es mir gleichgültig. Alles war mir gleichgültig, außer Marias Hand in meiner und das Brennen auf meiner Haut, dort, wo ihre Finger Spuren hinterlassen hatten, die ich am liebsten für immer bewahrt hätte.

Die anschließende Probe überstand ich unkonzentriert, übermüdet – und grenzenlos euphorisch. Ich hatte das Gefühl, Flügel bekommen zu haben, die meine Worte mit sich trugen. Maria saß auf ihrem Stammplatz auf der niedrigen Mauer, und mehr als einmal versenkte ich mich so tief in ihre Augen oder ihren Anblick, dass ich nur mit Mühe meinen Einsatz fand. Aber was machte das schon!? Wir waren ohnehin das Gesprächsthema des Tages, und Franco war weit.

Nichts zählte, nichts außer Marias Anwesenheit und der Tatsache, dass sie von jetzt an zu mir gehörte.

6

So verzweifelt gern wir es auch getan hätten – wir konnten Franco nicht auf ewig fernhalten von uns und dem, was offensichtlich zwischen uns geschah. Der Zeitpunkt seiner Entlassung aus dem Klinikum in Florenz nahte unerbittlich, und auch wenn wir ihn manchmal aus den kostbaren Stunden, die wir uns stahlen, verbannen konnten, so dass er nichts war als ein schmaler Schatten an der Wand, so war er doch immer da, immer präsent.

Aber zumindest eines blieb uns erspart: seine Rückkehr auf das Weingut. Franco benötigte weiterhin medizinische Betreuung, die es hier draußen nicht gab. Und von unserer Probenzeit auf dem Gut blieben uns nur noch ein paar wenige Tage. Es war Zeit, das Stück auf die Bühne zu bringen.

Dass es ihm verwehrt bleiben würde, den Platz, an dem ich Maria gefunden hatte, erneut zu betreten, erfüllte mich mit bitterer Genugtuung. Gleichzeitig sah ich in der Stadt wesentlich größere Chancen für uns, seinem Zorn und seiner Eifersucht zu entgehen. Und was danach sein würde, nach der Premiere – nun, wir würden sehen. Maria und ich sprachen selten über „die Zeit danach". Zu vage waren die Zukunftsaussichten für uns beide, vor allem aber für mich, zu viel hing von den Tagen ab, die unmittelbar bevorstanden.

Eigentlich aber war es so, dass ich mich scheute, ihr zu gestehen, was ich für sie empfand. Aus ihren Erzählungen hatte ich mittlerweile erfahren, dass ich die erste war. Die erste Frau nach einer langen Reihe von Männern. Und das machte mir, ausgerechnet mir, die ich früher so unbekümmert mit Frauen ins Bett gegangen war, zu schaffen. Doch anstatt sie zu fragen, ob das, was ich ihr anbot, richtig war für sie, ob ich sie glücklich machte, schwieg ich mich aus und quälte mich.

Es war nicht so, dass ich meine Berührungen und die Nähe, die ich ihr schenkte, geringer einschätzte als die, die ihre Liebhaber und Freunde ihr gegeben hatten. Vielmehr spürte ich eine deutliche Angst in mir, ihr weh zu tun, sie zu verletzen, ohne es zu wollen und ohne zu ahnen, warum. So viele Narben schienen verborgen in ihr, so viele Wunden aus der Vergangenheit, dass es mich manchmal atemlos machte, ihr in die Augen zu sehen und etwas davon aufzufangen. Dann meinte ich, nicht stark genug zu sein für sie und für das, was ich empfand.

Mir machte die Heftigkeit der Liebe, die ich für Maria empfand, selbst Angst. Es war ähnlich wie bei Stella zu Anfang, und doch viel mehr. Viel tiefer, viel unmittelbarer. Etwas war anders als sonst. Oftmals betrachtete ich sie, wenn ich meinte, dass sie es nicht bemerkte, und lauschte dem leise ziehenden Schmerz nach, der sich in meinen Bauch stahl. Sie war bereits jetzt so sehr ein Teil von mir, ein Stück meiner Träume und Gedanken, dass die Aussicht, sie wieder zu verlieren, mich betäubte.

Und doch schwieg ich, wenn ich sie in meinen Armen hielt.

Der Zeitpunkt unserer Abreise rückte unerbittlich näher.

Ich durchlebte eine Mischung aus Wehmut und nagendem Schmerz bei dem Gedanken, von diesem einzigartigen August, von dem ich genau wusste, dass er nicht wiederholbar sein würde, Abschied nehmen zu müssen. Und dann war da noch etwas, vertraut und doch so erregend wie immer: die Aussicht, auf die Bühne zu gehen. Wir alle hungerten danach und waren uns sicher in dem Gefühl, dass wir es uns verdient hatten. Wir brannten förmlich darauf, uns darzubieten im Licht der Scheinwerfer, den Applaus ungefiltert durch unsere Blutbahnen rinnen zu lassen, uns dem Moment hinzugeben, der alles überstrahlte.

Doch Marias wegen fürchtete ich mich. Ich fürchtete mich vor dem, was ihr, was uns bevorstand, ganz gleich, wie wir uns entscheiden sollten. Und was sollten wir wählen: die unermessliche Trauer über unsere Trennung, nur um der Sicherheit willen? Oder Francos Zorn, seine Rache, weil wir nicht voneinander lassen konnten? Beides war schrecklich. Doch: Lag die Entscheidung überhaupt noch in unserer Hand?

Ich wurde den Verdacht nicht los, dass ein großes diffuses Etwas namens „Schicksal“ die Fäden längst ganz sacht übernommen hatte.

Und so kam es, dass wir beide schweren Herzens unsere Sachen packten, während der Rest des Hauses vor Vorfreude und Aufregung zu explodieren schien.

Die Flure und Zimmer in den beiden oberen Stockwerken, in denen unsere Räume lagen, hallten wieder von Gelächter und sorglos hingeworfenen Worten. Wir verfingen uns in einem Chaos von Koffern, die die Gänge blockierten, und einem Taumel von Kleidern, die kichernd anprobiert und begutachtet und verschenkt wurden. Mechanisch leerte ich die Fächer meines Kleiderschrankes. Arme voller Schwarz stopfte ich in meine beiden altersschwachen Lederkoffer, die meiner Großmutter Felice gehört hatten. Sie war mit ihnen vor der Verfolgung durch die Nazis nach Israel geflohen, in ihnen ihr ganzer Besitz, oder vielmehr das, was sie hatte retten können. Sie hatte sie mir geschenkt, kurz bevor sie gestorben war, und jetzt stellten sie eine Verbindung zu ihr da, die mich über die Einsamkeit in so manch fremdem Hotelzimmer hinweggerettet hatte. „Großmutter“, so hatte ich wohl hundertmal begonnen, ohne jemals weitergekommen zu sein. Vor etwas mehr als zwei Jahren war ich innerlich verstummt. Israel erschien mir so fern, und die Tatsache, dass meine Familie weiterhin nichts von mir wissen wollte, anstatt mich irgendwann wieder anzunehmen, wie ich insgeheim gehofft hatte, wenn sie sahen, wie bitter ernst es mir mit meiner Liebe zu Frauen war, drückte mich nieder.

Am meisten jedoch belastete mich das Verhältnis zu meiner Mutter. Manchmal träumte ich von ihr und wusste doch genau, dass sie nicht da sein würde, wenn ich erwachte. Ich war ihr in einer Hassliebe verbunden, die mich schmerzte, immer, ganz egal, wo ich war und was ich tat. Manchmal wurde der Zorn auf sie und ihr Verhalten leiser. Das geschah immer dann, wenn ich erfolgreich war und das Gefühl, ein eigenes, gutes Leben zu führen, mich stärkte. Doch er verstummte niemals ganz.

Im gleichen Maße, wie ich meine Mutter und Israel verlor, wurde mir auch der Glaube, in dem ich aufgewachsen war, immer fremder. Manchmal schien er nur noch wie ein fernes schönes Märchen. Die Welt, in der ich lebte, war so anders von der in Jerusalem und Haifa, dass sie es mir leicht machte, ihn zu vergessen, nicht jedoch, mit diesem Vergessen auch zu leben.

Doch der Weg zurück war mir versperrt, so empfand ich es zumindest. Zurückzugehen hätte aufgeben bedeutet, resignieren, zugeben, dass die anderen recht gehabt hatten. Und das hatte ich noch nie gekonnt. Keine der Frauen in meiner Familie war darin gut gewesen. Stark waren sie, wenn es darum ging, zu kämpfen, mutig, wenn die Familie bedrängt wurde, aber trotzig und dickköpfig, das waren sie ebenso, und meine Mutter und ich, wir schenkten uns nichts in dieser Hinsicht.

Wenn Helene nicht gewesen wäre, die als einzige jemals zu meinen Aufführungen in Europa gekommen war, hätte ich manchmal das Gefühl gehabt, allein zu sein und in einem luftleeren Raum, völlig im unklaren darüber, woher ich kam und wohin mein Weg mich führte.

Helene jedoch ließ mich niemals im Stich. Zuverlässig schien sie zu spüren, wann ich dringend ihrer Nähe bedurfte, und reiste zu allen meinen Premieren an. Meist schlief sie bei mir im Hotelzimmer, und wir redeten die halbe Nacht, und dann hatte ich wieder das Gefühl, lebendig und geborgen zu sein. Sie war sensibel, aber dabei ohne übertriebene Sentimentalität. Sie hörte mir zu und gab mir im richtigen Moment einen sanften, aber zielstrebigen Schubs in die richtige Richtung, damit ich mich wieder aufrappelte und weitermachte, wenn ich zu müde oder zu traurig war.

Ich glaube nicht, dass sie schon immer so eigenständig gewesen war und voller Überzeugung, dass das, was sie tat, richtig war. Erst seitdem sie verwitwet war, schien sie mit jedem Tag zu wachsen, schien ihr Lachen lauter und offener und ihr Blick fest und sicher zu werden. Als ich klein gewesen war, war sie in den Ferien die Tage über fröhlich und ausgelassen gewesen, doch je näher der Zeitpunkt rückte, zu dem mein Onkel David gewöhnlich von der Arbeit heimkehrte, um so bedrückter und in sich gekehrter wurde sie. Als Mädchen sah ich diese Tatsache noch nicht so reflektiert wie heute, dennoch bedrückte mich die unausgesprochene Spannung, die zwischen uns herrschte, und ich fragte sie eines Tages, warum sie nicht davonging. Sie sah mich an und lächelte nachsichtig, doch in ihren Augen standen Tränen, die noch lange dort blieben.

Heute weiß ich, dass ihr damals nicht nur ganz einfach der

Mut fehlte, sondern dass auch sie unter einer Familie zu leiden hatte, die alles verachtete, was nicht innerhalb der Grenzen dessen lag, was sie für anständig und gesellschaftskonform hielt.

Wir haben viel gemeinsam, meine Tante und ich, viel mehr noch, als ich zu dem damaligen Zeitpunkt ahnte.

Ich rieb mir die müden Augen und ließ dann energisch die Metallschnallen zuschnappen. Das Zimmer wirkte auf einmal riesengroß. Ich trat auf die Türschwelle, steckte mir eine Zigarette an und sah in das Zimmer gegenüber.

Amüsiert beobachtete ich Vivienne mit den widerspenstigen, knallroten Haaren bei dem Versuch, den Deckel ihres Koffers mit dem Gewicht ihres Hinterteils zu schließen. Etwas hielt mich davon ab, zu Maria hinunterzugehen. Etwas, das mächtiger war als die Sehnsucht, die zart an meinen Herzwänden zupfte. Ich drehte mich um, trat wieder in mein Zimmer und sah zu, dass ich meine Sachen in den großen Tourbus schaffte, bevor er hoffnungslos überfüllt war.

Die Fahrt war unbequem und heiß. Niemandem stand mehr der Sinn nach Geplauder, mit jedem Kilometer wuchs die Erregung. Wir hungerten der Stadt entgegen, der großen weiten Welt und der Bühnenluft und dem Ausleben all unserer Emotionen, die sich über den Sommer hinweg aufgestaut hatten, so weit entfernt von Lärm und Alltag.

Jeder von uns versenkte sich in die eigene Welt, stülpte die Kopfhörer über die Ohren, schrieb Tagebuch, rauchte, machte es sich bequem, so gut es eben ging. Niemand von den anderen schaute zurück auf das Weingut, das langsam im blauen Staub in der Ferne unterging und bereits jetzt einer Geistererscheinung glich. Vielleicht hatten sie das Gefühl, dass das

Unglück bringen könnte. Doch das galt nicht für mich.

Ich saß ganz hinten, und ich drehte mich auf meinem schmalen Sitz um, bis ich meine Stirn gegen die Scheibe lehnen konnte, und so saß ich und sah zu, wie das alte zweistöckige Gebäude mit dem großen Garten und dem Lavendelfeld hinter der niedrigen Mauer kleiner und kleiner wurde und schließlich einem winzigen Punkt am Horizont glich, ehe es ganz aus meinem Blickfeld verschwand. In mir war ein Gefühl, als würde ich einen Freund verlieren, und es erschien mir passend, gemessen an dem, was hier geschehen war.

Dennoch wusste ich, dass ich nicht hierher zurückkehren würde. Für Maria und mich war dies ein Fortgehen für immer, und einzig das Wissen, dass es auch einen gemeinsamen Schritt vorwärts bedeuten konnte, tröstete mich ein wenig.

Schließlich lag hinter uns nichts als die staubige Straße, gesäumt von zwei säuberlichen Zypressenreihen, die aussahen, als hätte sie jemand mit dem Lineal gezogen. Die Landschaft besaß eine einsame Schönheit, die mich noch immer sprachlos machen konnte, nach all den Wochen hier.

Endlich wandte auch ich meinen Blick ab. Ich schloss die Augen und versuchte zu schlafen, doch das Bild, das ich soeben betrachtet hatte, ging mir nicht aus dem Kopf, ganz so, als hätte es sich auf meine Augenlider gebrannt.

Florenz erschien uns laut und schmutzig und absolut großartig. Wir reckten die Hälse und lachten aufgeregt und zeigten auf das, was vor den staubigen Busfenstern entlangzog wie bunte Perlen auf einem Kinderarmband.

Unsere Truppe war in zwei kleinen Hotels in der Nähe des Theaters untergebracht. Sie lagen sich gegenüber, und schon bald schallten die Rufe über die Straße und ein reges Hin und

Her setzte zwischen den beiden Häusern ein. Wir warfen unsere Sachen auf die Betten und inspizierten erst einmal die Zimmer der anderen, um sicherzugehen, dass wir nicht schlechter untergebracht waren. Dies hätte dramatische Zornesausbrüche, beleidigtes Schweigen und hysterische Tränen verursacht. Unsere Seelen waren jetzt rasch aus dem Gleichgewicht zu bringen. Doch Franco hatte gut für uns gesorgt. Selbst jetzt war er trotz seines Handikaps allgegenwärtig.

In der Eingangshalle meines Hotels befand sich eine kleine Bar. Das Haus war alt, aber immer noch schön. Der Fußboden war aus Marmor, das Holz der Theke dunkel und abgegriffen, aber auf eine gute Art, die voller Geschichten steckte. Palmen in schweren Terrakottakübeln standen wie zufällig im Raum verteilt. Der Besitzer musste eine wissende, liebevolle Hand haben.

Er hieß Mario, und er schenkte mir den ersten Espresso des Tages ein, mit einem Augenzwinkern in Richtung seiner Frau. Sie stand gutgelaunt an der Rezeption und ließ gelassen eine Flut von englischen Schimpfworten aus Julys perfekt geschminktem Mund über sich ergehen, weil der Fernseher in ihrem Zimmer sich beharrlich weigerte, Kabelprogramme zu senden. Ich schwieg, aber ich lächelte Mario zu und wusste bereits, dass wir prima miteinander auskommen würden.

Der CD-Player unter der Theke spielte eine Rumba, und ich spürte, wie der schmale Bistrostuhl seine Formen in meinen Körper drückte. Aber ich stand nicht auf.

Ich saß mit dem Rücken zur Eingangstür, doch ich wusste sofort, wer eingetreten war, als ein kühler Luftzug durch die Halle flüsterte. Seine Aura war so stark und so bezwingend, dass ich ihn selbst dann, wenn es stockfinster gewesen wäre, in diesem Raum auf Anhieb wiedergefunden hätte. Ich hörte das leise Tapp-tapp der Krücken und seine laute, einnehmende Stimme, die sich elegant mit der von Miguel mischte und wieder trennte, so als ob sie einen heimlichen Tanz probten.

Ich stand langsam auf und drehte mich um. Eine Gruppe von Menschen umringte Franco, lachend und eifrig in dem Bemühen, der erste zu sein, an den er das Wort richtete. Ich blieb einfach stehen und beobachtete.

„So, du bist also wieder da?"

Einzig meine Gedanken hatten dies gesagt. Dennoch musste es in seinen mysteriösen Gehirnwindungen angekommen sein, denn plötzlich schaute er auf und sah mich. Es wurde still in der großen Halle. Die meisten traten zurück, blieben jedoch, um das große Drama, das sie herbeisehnten, nicht zu verpassen. Aber sie kannten Franco und mich schlecht. Nur unerfahrene Krieger stürzen sich Hals über Kopf in den Kampf.

Doch an seinen Augen sah ich, dass er es wusste. Nicht, weil es ihm jemand gesagt hätte, denn es gab niemanden, der das gewagt hätte. Er wusste es einfach dank seiner unvergleichlichen Intuition, und genauso sicher, wie er wusste, dass ich ihm seine Geliebte genommen hatte, wusste er, dass der Zeitpunkt, es mir heimzuzahlen, noch nicht gekommen war.

Wie wenig es ihm auch gefallen mochte, er brauchte mich, zumindest jetzt noch, für die Dauer der Spielzeit. Er brauchte mich, weil er wusste, dass er keine Zeit hatte, nach einer Alternative zu suchen. Diese Gewissheit machte mich stark.

Ich drückte meine Zigarette aus und ging gelassen auf ihn zu. Er umarmte mich mit einem Arm, die Krücke in der Hand.

„Hallo, Franco."

Meine Stimme zitterte kein bisschen. Ich wusste, es ärgerte ihn.

„Hallo, Esther."

Eine Spur von Ironie färbte seine Worte.

„Wie läuft es? Wie ich höre, machst du dich gut als sterbende Geliebte ..."

„Nun, wie du weißt, fülle ich jede meiner Rollen hundertprozentig aus, Franco."

Er lachte und schwieg, aber ich hörte, dass sein Lachen künstlich klang. Das irritierte mich. War er etwa wirklich getroffen? Bisher war ich davon ausgegangen, dass Maria für ihn nichts weiter war als ein Zeitvertreib, ein weiteres schönes Spielzeug auf dem Markt der Eitelkeiten, aber auf einmal begriff ich: Er liebte sie tatsächlich. Auf eine zerstörerische, da selbstsüchtige Art, aber dennoch. Da wurde mir erneut bewusst, in welcher Gefahr Maria und ich wirklich schwebten.

„Ich möchte, dass du um sechzehn Uhr auf der Bühne stehst. Ihr alle. Ich will sehen, was ihr bringt."

Er hatte sich wieder unter Kontrolle. Er fand zu seiner alten Form zurück. Mühelos scheuchte er uns mit einer Armbewegung auf die Zimmer. Ich hielt mich sehr gerade, meine Schritte waren präzise, und um ein Haar wäre selbst ich der Illusion verfallen, die ich erschuf.

7

Um Punkt sechzehn Uhr gab es, wie konnte es anders sein, niemanden aus dem Ensemble, der nicht auf der Bühne des Theaters gestanden hätte. Wer nicht kam, war Franco.

Es wurde fünf nach vier, zehn nach vier. Mit mühsam aufgesetzter Gelassenheit lungerten wir herum, ließen den Kopf kreisen und dehnten unsere Rücken, um uns für die nächsten Stunden aufzuwärmen. Innerlich standen wir in den Startlöchern wie überzüchtete Rennpferde, die es kaum erwarten konnten, sich die Seele aus dem Leib zu laufen. Wir wussten, dass es zu Francos Taktik gehörte, auf sich warten zu lassen. Er wollte uns spüren lassen, dass wir von ihm abhängig waren. Er wollte seinen Auftritt genießen.

Das alte Theater hatte sich seit dem Tag, an dem wir zum letzten Mal hiergewesen waren, komplett verändert. Es roch nach Farbe und neuen Stoffen, und fast hatte man Angst, die Kulissen zu berühren, so frisch sahen sie aus. Der Bühnenraum war hell ausgeleuchtet, der Zuschauerraum lag im Zwielicht. Doch noch waren die Sitzreihen verlassen, und das war etwas, was uns überforderte. Tausend Zuschauerinnen und Zuschauer, das mochte gehen, aber nicht ein einziger – das verunsicherte uns.

Ich blinzelte gegen das Scheinwerferlicht an und suchte nach ihrem Gesicht, aber vergebens. Ich hatte Maria nicht mehr gesehen, seitdem sie hastig aus dem Bus gestiegen und in ihrem Zimmer verschwunden war. Ich wusste von July, dass sie im gleichen Hotel wohnte wie Franco und ich, im ersten Stock allerdings, während ich in der dritten Etage schlief.

Ich fühlte mich auf einmal allein und sehnte mich danach, sie in den Arm zu nehmen, die Augen zu schließen und meine Unsicherheit auf ihren Lippen zur Ruhe zu betten. Bilder drängten sich mir auf von Franco, der sie berührte, jetzt, in diesem Moment, während wir alle untätig warteten, aber das hielt ich nicht aus. Ich schob sie weg.

Ich zwang mich, ruhig zu atmen und mich auf das Spiel zu konzentrieren und die Frau, die ich verkörpern sollte. Ich rief mir die vergangenen Wochen in Erinnerung, in denen ich mir vertraut gemacht hatte, was Julia empfunden haben mochte, als sie sah, dass der Mann, den sie liebte, tot neben ihr in der

Gruft lag. Das half mir, einen Weg zu der Professionalität zu finden, mit der ich normalerweise arbeitete. Mein Kopf wurde leer und kalt – ich war bereit.

In unserer bunt zusammengewürfelten Truppe befanden sich auch zwei Brüder aus New York, irgendwo in den Dreißigern angesiedelt. Ich mochte sie, weil sie meistens laut und ausgelassen waren. Auch jetzt redeten sie in ihrem breiten amerikanischen Englisch völlig unbekümmert in die gespannte Stille hinein, lachend über irgendeinen banalen Witz. Doch dann verstummten auch sie plötzlich wieder wie auf ein geheimes Zeichen hin. Sie spürten, dass sprechen verboten war.

Und dann öffnete sich lautlos die große Flügeltür zum Zuschauerraum, und Franco erschien. Er humpelte den Mittelgang hinunter, Miguel an seiner Seite, der diverse Bücher und Requisiten schleppte und die bekannte Thermoskanne mit pechschwarzem Kaffee.

Ich bewunderte Miguel. Anfangs hatte ich geglaubt, dass er einfach zu jener Sorte Mensch gehörte, die in jeder Lebenslage eine besänftigende Gelassenheit verströmen und den Willen, sich vollkommen für die Sache einzusetzen. Doch dann hatte er mir erzählt, dass er sich bei ihrer ersten gemeinsamen Regiearbeit in Franco verliebt hatte. Seitdem bewunderte ich ihn noch mehr. Denn er sorgte dafür, dass es außer mir niemals jemand erfuhr, am allerwenigsten Franco selbst, und er ertrug alle seine Schmähungen und Quälereien geduldig und verlor doch nie seinen Humor. Ich bin sicher, Franco hätte ihn auf der Stelle gefeuert, wenn er von seiner Liebe erfahren hätte.

Die beiden Männer positionierten sich, genau wie ich vermutet hatte, in der dritten Reihe, hinter den Lichtkegeln. Wir konnten also Francos Gesicht nicht sehen, aber er machte die fehlende visuelle Präsenz durch seine Stimme wett. Klar wie eh und je und ohne den geringsten Widerspruch zu dulden strömte sie zu uns, umschmeichelte uns, trieb uns dazu, mehr und mehr zu geben – das Beste.

Er vergaß alles, wenn er arbeitete, vergaß die Menschen hinter den Rollen, und das erlaubte es ihm, uns so herablassend zu behandeln, wie er es tat. Es entschuldigte ihn nicht, machte ihn aber begreifbar, zumindest für die Routinierten unter uns. Leah hatte nicht dazu gehört.

Ich verdrängte den Gedanken sofort.

Fünf Stunden später waren wir erschöpft und verschwitzt, eigenartig glücklich über das Feuerwerk an Kritik, das auf uns niedergegangen war. Franco hatte seinem inneren Zwang, zu erschaffen, nachgegeben, und das war berauschend.

Er besaß keinerlei Skrupel, uns so oft zu demontieren, bis wir seinen himmelstürmenden Anforderungen entsprachen. Aber: Er brachte uns weiter. Durch ihn erreichten wir eine neue Ebene. Diese Tatsache minderte meine Verachtung für ihn nicht, doch niemand von uns dachte daran zu gehen.

Ich betrachtete Franco, wie er dort im Mittelgang stand, auf die ungewohnten Krücken gestützt, die deutlichen Zeichen seiner Schwäche. Sein Atem ging schwer, und auf seiner hohen Stirn standen Schweißtropfen. Zum ersten Mal sah man ihm sein Alter von fünfundfünfzig Jahren an.

Er hielt den Kopf gesenkt, und wie er so dastand, wirkte er auf einmal erschreckend normal und menschlich. Fast hätte ich Mitleid mit ihm gehabt. So viele rastlose Jahre lagen hinter ihm, die er einzig und allein dazu verwendet hatte, um unermüdlich seine Karriere im Ausland voranzutreiben. Er war gealtert dabei, und obwohl er berühmt war, stand sein Ruhm stets auf der Kippe. Mit jeder Inszenierung riskierte er erneut, bei der Kritik durchzufallen und vor einem Scherbenhaufen zu stehen. Das Publikum war erbarmungslos.

Er musste letzten Endes genauso einsam sein wie ich, auch wenn er sich dessen vielleicht nicht bewusst war. Er stürzte sich in seine Arbeit, genau wie ich es in den vergangenen zwei Jahren getan hatte, und schenkte ebenso der Illusion Glauben, dass sie Ersatz bieten konnte für Geborgenheit, Nähe, ein festes Zuhause.

Für eine Sekunde sah ich die Gemeinsamkeiten zwischen uns, die düsteren Gedanken und Träume und den immerwährenden Zwang, zu erschaffen, um die innere Stimme niederzuhalten. Sie ließ sich niemals zum Schweigen bringen, scherte sich nicht darum, ob man sich im Urlaub oder auf einer Party befand. Dann war der Moment vorbei, und ich wandte mich mit hochgezogenen Schultern ab, um die Bühne zu verlassen.

Das nutzte er aus.

Erstaunlich behende musste er das Brett überquert haben, das Saal und Bühne provisorisch miteinander verband. Es gelang ihm, mich zu überraschen, indem er seine Hand in mein Haar schob und mich zwang, ihm ins Gesicht zu sehen. Sein Griff ähnelte dem eines mörderischen Liebhabers. Eine Minute starrte er mir in die Augen, dann führte er seine Lippen an mein Ohr und flüsterte vier Worte, und jedes einzelne betonte er sorgfältig:

„Nimm – dich – in – acht."

Damit stieß er mich zurück, drehte sich wortlos um und humpelte zurück in den Zuschauerraum. Ich sah ihn wie durch einen dichten Nebel neben Miguel Platz nehmen, als wäre nichts geschehen.

Ich wandte mich vorsichtig zum Gehen; ich war mir nicht sicher, ob meine Knie mich tragen würden. Sie taten es, aber meine Lippen zitterten leicht. Was um Himmels willen hatte mich beinahe dazu gebracht, Mitleid für ihn zu empfinden?

Ich holte meine Tasche aus der Garderobe, in der ein reges, fröhliches Treiben herrschte, sagte meine Teilnahme an der abendlichen Restauranttour ab und verließ das Theater.

Draußen füllte ich meine Lungen bis zum Bersten mit der frischen Luft, um mich so lebendig wie möglich zu fühlen. Ich lief mit gesenktem Kopf dreimal um den Block und dann schnurstracks zum Hotel. Mein Herz schlug jetzt wieder ruhiger; fast war alles wieder normal, aber eben nur fast, denn meine Finger waren kalt und feucht.

Ich durchquerte die Halle, in der die neuen Gäste mäßig interessiert in den ausgelegten Prospekten blätterten, und hoffte, dass mich niemand ansprach. Marios besorgtes Gesicht tauchte für einen Moment in meinem Blickfeld auf, doch ich hob das Kinn und schaute ihm eine Sekunde beruhigend in die Augen, dann betrat ich ohne zu zögern den Aufzug.

Über mein Zimmer, das zur belebten Straße hinausging, hatte sich gnädiges Dämmerlicht gelegt. Ich hatte die Vorhänge zugezogen, bevor ich zur Probe gegangen war, und nur durch den schmalen Spalt, den ich die Fenster geöffnet hatte, drang die Welt herein, unwirklich und hart und gleichzeitig sehr weit weg.

Mit schwachen Fingern zündete ich mir eine Zigarette an, stand im Schatten und rauchte und ließ meine Gedanken zur Ruhe kommen. Dann warf ich mich angezogen aufs Bett und starrte an die Decke. Der Putz war gesprungen, und durch mein Blickfeld zog sich ein Riss, der aussah wie ein Lindwurm mit zwei Köpfen. Ich beobachtete ihn, bildete mir ein, dass er sich im nächsten Augenblick bewegen würde, um seine Rachen zu öffnen und mich mitsamt meinen Träumen von Liebe und Karriere zu verschlingen.

Ich fand keinen Schlaf.

Je länger ich dort lag, um so wacher wurden meine Sinne. Ich konnte spüren, wie das Haus um mich herum durch seine hauchdünnen Wände atmete, und stellte mir vor, was Franco jetzt tat, zwei Stockwerke unter mir, was er dachte. Ich sah ihn förmlich vor mir in seinem Zimmer, und ich wusste, er war genauso ruhelos wie ich.

Er wanderte auf und ab, immer wieder die gleiche Strecke, wie eine Raubkatze im Käfig, vom Bett zum Kleiderschrank, zum Tisch und zurück. Seine Schritte dröhnten durch meine Muskeln bis hinauf zum Dachboden. Eine Weile hielt ich es aus, dann begriff ich, dass es mich wahnsinnig machen würde, und lautlos erhob ich mich und verließ mein Zimmer.

Ich war es gewohnt, unsichtbar zu erscheinen, doch die Flure waren ohnehin leer, genauso wie das Treppenhaus, in dem ein zarter Geruch von Zitrone hing. Als ich den Gang im ersten Stock betrat, knarrten die Dielen unter dem ausgetretenen Läufer. Ich trat zur Seite und lauschte. Hinter einigen Türen hörte man Fernseher plärren, jemand sang, eine Frau telefonierte lautstark auf Französisch. Aus Nummer zehn hörte ich gedämpft die Stimmen von Franco und Miguel.

Mit geschlossenen Augen ließ ich meine Hände über die Außenseiten der Türen gleiten, blieb bei jeder einen Moment stehen und lauschte, lauschte in mich hinein, um zu erfahren, wo sie war. In Nummer 15 liebten sich ein Mann und eine Frau, die ich nicht kannte. In Nummer 16 war es still, erschreckend still, als einzigem. Ich lehnte meine Stirn gegen das kühle Holz und ließ meinen Atem hinüberfließen, hüllte sie ein in seine durchscheinende Wärme, um sie von dem Ort, wo sie sich jetzt befand, zurückzuholen.

Doch meine Hand sank wieder herab. Ich klopfte nicht.

Ich kniete vor meinem Koffer, eine Fotografie in der Hand, als ein Geräusch mich den Kopf heben ließ.

„Wer ist da?"

Es war still, aber die Stille besaß eine andere Qualität als noch im Augenblick zuvor. Sie wollte wahrgenommen werden. Ich öffnete die Tür. Maria sah sehr jung und sehr schmal aus im Licht des Ganges.

„Komm rein."

Sie schüttelte energisch den Kopf und ging statt dessen schweigend den Flur hinunter. Ich verstand augenblicklich und schloss hinter mir ab. Wir verließen das Hotel und liefen die Straße hinunter, bogen um die Ecke und gingen weiter.

Sie hatte die Arme vor der Brust verschränkt und blickte konzentriert auf ihre Fußspitzen. Wir liefen durch die Stadt, bis es dunkel wurde, und erst dann, als die Decke der Nacht sich weich um unsere Schultern schmiegte, kam sie näher und ließ es zu, dass ihr Arm mich ab und an streifte. Auf einer Brücke blieb sie stehen und starrte in das Wasser des Arno, das zu dieser Stunde die Farbe von schwarzen Oliven trug.

Ich trat neben sie und legte meine nackten Arme auf die Brüstung aus Stein. Da wandte sie sich zu mir um und küsste mich auf den Mund, und für einen endlosen Moment versank ich in der Weichheit ihrer Lippen und schloss alles andere aus. Da war nur noch sie. Und dann war der Augenblick vorbei.

Ein Auto hupte im Vorbeifahren, und drei junge Männer hingen aus den heruntergekurbelten Fenstern und grölten irgend etwas, das mich wütend und kalt machte. Maria zog sich erschrocken von mir zurück. Sie nahm meine Hand und zog mich davon. Wir hatten keinen Ort, an den wir gehen konnten, kein Bett, kein Zimmer, in dem wir sicher gewesen wären.

Wir betraten eine kleine Bar. Wir setzten uns an einen der Tische und bestellten einen süßlichen Drink. Das Licht spiegelte sich auf ihren schwarzen Locken, die ungebändigt über ihre Schultern fielen, und in dem leuchtenden Blau ihrer Augen. Ich sah in sie hinein und konnte meinen Blick nicht mehr von ihr wenden und nicht von ihren Lippen, bis ich wusste, dass ich sie auf der Stelle küssen musste, wenn ich nicht laut schreiend aufwachen wollte.

Doch der Raum war voller Männer. Italienischer Männer. Ich wusste, ich konnte sie nicht küssen. Daher tanzten wir, ohne uns zu berühren. Aber das war auch nicht wichtig. Wir liebten uns mit den Bewegungen unserer Hände in der Luft. Mit dem Atem, den wir gemeinsam holten, mit unseren Blicken, aus denen wir aus eigener Kraft nicht mehr auftauchen konnten.

8

Am nächsten Morgen lag ein Zettel aus muschelweißem Papier, zweimal gefaltet, vor meiner Tür.

Fünf Worte standen darauf: „Bring mich fort von hier!"

Ich hatte den ganzen Tag keine Gelegenheit, mit Maria allein zu sein. Franco umgab sie mit einer Aufmerksamkeit, die mir Sorgen bereitete. Er war entschieden zu wachsam für meinen Geschmack, entschieden zu aufmerksam dafür, dass die Premiere von *Romeo und Julia* erst in vier Tagen stattfinden sollte. Es war, als ahnte er etwas, als spürte er, dass ihm seine Geliebte entglitt. Und er machte deutlich, dass er bereit war, alles dafür zu tun, um dies zu verhindern. Doch es wurde immer schwieriger für mich, meine Gefühle für Maria hinter meinen Lidern zu verbergen.

Endlich, in einer kurzen Probenpause, ging Maria dicht an mir vorbei, und für einen winzigen Moment wenigstens berührten sich unsere Körper. Meine Lippen formten stumm die alles entscheidende Frage: „Wann?“

„In der Nacht nach der Premiere.“

Ihre Worte huschten so beiläufig in mein Ohr hinein, dass ich mich in der nächsten Minute fragte, ob sie sie tatsächlich ausgesprochen hatte. Maria musste also das gleiche empfinden wie ich, musste jener Nacht dieselbe Bedeutung zumessen: Vor der Premiere zu gehen war unmöglich. Ich war Schauspielerin, aus einer tiefempfundenen Leidenschaft heraus, und zu lange hatte ich auf diesen Auftritt hingearbeitet. Doch hinterher zu bleiben und wochenlang ein Katz-und-Maus-Spiel mit Franco zu treiben, nur um dieselbe Geschichte noch einmal und noch einmal auf die Bühne zu bringen – dieser Gedanke war mir unerträglich. Es gab nur eine Lösung für uns, und Maria hatte sie richtig erkannt.

Dies bedeutete, uns blieben vier Tage. Vier Tage, um heimlich eine Flucht zu planen, die ungeheuerlich war. Mir war klar, dass ich danach nie wieder ein Engagement in Italien bekommen würde, solange Franco irgendein Wort in der Theaterszene mitzureden hatte. Seltsamerweise war mir, ausgerechnet mir, die ich meine Liebe für das Spielen immer über alles gestellt hatte, dies vollkommen gleichgültig. Mehr noch, es erfüllte mich mit der Vorfreude auf ein anderes Leben, das zu beginnen ich bis dahin nicht gewagt hatte. Und ich war mir beinahe sicher, ohne sie, ohne Maria, würde ich es niemals tun.

An jenem Abend rief ich meine Tante Helene in Haifa an. Ich benötigte ihre Hilfe, viel mehr aber noch brauchte ich ihre vertraute Stimme in meinem Ohr und das warme Gefühl im

Bauch, das von ihrer ruhigen, sicheren Art ausging. Ich verspürte den dringenden Wunsch, mit ihr zu teilen, was mich so tief bewegte. Mit ihr und mit niemandem sonst, denn sie war nicht nur das einzige Bindeglied zu meiner Familie und meiner Heimat, das mir geblieben war, sie war auch meine einzige Freundin.

„Ja?"

Ihre Stimme war mir so vertraut.

Zwar hatten wir uns seit dem vergangenen Herbst nicht mehr gesehen, als sie nach Mailand gekommen war, um mich in einer Kafka-Inszenierung zu sehen, dennoch schien es mir, als hätten wir erst am Abend zuvor in dem verrauchten Theaterlokal gesessen, Weißwein bestellt und über den Statisten gelacht, der sich vor lauter Glück über sein erstes Engagement vollkommen betrunken hatte. Ich musste erneut lächeln bei dem Gedanken daran.

„Ich bin's – Esther."

„Wie geht es dir? Was ist los, Liebes?"

Sie kannte mich gut. Wir kannten uns gut. Wir spürten immer sofort, wie es um die andere stand.

„Ich brauche deine Hilfe. Bist du die nächsten Wochen über in Haifa?"

„Ja, wieso?"

„Ich brauche deine Wohnung in Jerusalem für einige Zeit."

„Wann willst du kommen?"

Sie machte es mir leicht.

„In vier Tagen."

„Bist du allein?"

„Nein."

„Dann ist es gut. Du weißt ja, Chaim hat einen Schlüssel."

Ich nickte stumm. Ich wusste, sie benötigte keine großen

Worte der Dankbarkeit von mir, ebensowenig wie sie Wert auf lange Erklärungen legte. Sie vertraute mir, und das war ein gutes Gefühl.

Der erste Schritt war getan.

Ich legte mich ins Bett und dachte darüber nach, warum ich mich dem Rest meiner Familie so entfremdet hatte. Zunächst hatte ich geglaubt, es läge daran, dass ich Frauen liebte, so wie ich in jener ersten Zeit, Anfang Zwanzig, als ich diese Entdeckung machte, überhaupt alles darauf bezog.

Tatsächlich schließen die Grundfesten meines Glaubens die gelebte Homosexualität aus. Der Talmud verurteilt lesbische Liebe als „obszön". Nach Meinung der Orthodoxen lebte ich also permanent in Sünde. Und obwohl meine Familie nicht orthodox war und auch die jüdische Gesellschaft in Israel längst nicht mehr so konservativ wie noch vor einigen Jahren, so blieb doch etwas an mir haften, das einen deutlichen Makel bildete.

Mein Cousin Simon hatte mich über diese Gedankenwelt aufgeklärt. Er lebte seit einigen Jahren in New York und wusste, dass er schwul war, seitdem er seine Bar-Mizwa gefeiert hatte, seit seinem dreizehnten Geburtstag also. Er war Mitglied einer amerikanischen Reformgemeinde und zu Beginn seines Studiums einer homosexuellen jüdischen Vereinigung beigetreten, die alljährlich den Christopher Street Day zelebrierte, eine eigene Synagoge besaß und schwullesbische Hochzeitsrituale entwickelt hatte. Das alles klang für mich wie ein Märchen. Erst viel später, als ich selbst in Los Angeles lebte, erfuhr ich am eigenen Leib, dass nicht alles so rosig war, wie es zunächst den Anschein hatte.

Doch zur Zeit meines Coming-out war ich noch in Israel.

Zwar gab es auch hier mittlerweile eine Lesbenbewegung, doch forderte meine Familie von mir eine Entscheidung, die ganz klar „Jüdin oder Lesbe“ hieß. Ich hatte niemals geglaubt, dass meine Verwandten derart reagieren könnten, nur weil ich ihnen offenbarte, dass ich mich in eine Frau verliebt hatte. Ich hatte angenommen, dass sie anfangs irritiert sein würden, ja, auch Verwirrung und zunächst Ablehnung aus Unkenntnis hätte ich ihnen zugestanden. Aber diese Verachtung und dieser kalte Zorn, denen mit Worten allein nicht beizukommen war, schockierten mich. Zumal es sich bei allen von ihnen um gebildete Menschen handelte.

Doch ich schien einen Fehler begangen zu haben, als ich ein abgeschlossenes Universitätsstudium in Medizin oder Jura gleichsetzte mit weltoffenen Ansichten und einer toleranten Lebenseinstellung. Mein Onkel Aaron war Professor an der medizinischen Fakultät in Jerusalem, und er setzte mir am schlimmsten von allen zu. Möglicherweise war es auch so, dass meine Mutter ihn darum gebeten hatte, mir ins Gewissen zu reden. Für einen Moment schien es mir so, als er mich zu sich in sein Arbeitszimmer zitierte, aber dann vertrat er seine Ansichten mit einer derartigen Vehemenz, dass es mir unmöglich schien, dass die Idee meiner „Bekehrung“ nicht in ihm selbst entstanden war.

Wie immer hatte er die Familie in den Vordergrund gestellt und mich an meine Pflichten als Tochter erinnert. Ich hatte ihm geantwortet, dass ich meine Pflichten als Tochter sehr wohl kennen würde, ich aber auch Pflichten gegen mich selbst hätte, und war gegangen.

Die Entscheidung für oder gegen meinen Glauben hatte mich dennoch getroffen, im Ausland, in einer Form, in der ich nicht damit gerechnet hatte. Die Notwendigkeit dafür tauchte auf in Gestalt von sich häufenden Proben und Aufführungen an Freitagen und Samstagen und Kantinenessen, das alles andere als koscher war. Sie war ein schleichender Prozess, meine Entscheidung, und entfernte mich stetig von meinem Glauben.

Doch es verbitterte mich, dass ausgerechnet meine Mutter, die seit ihrer erneuten Heirat den Schabbat eigentlich nur noch als Familienessen beging, mir ohne Unterlass vorwarf, meine Wurzeln verraten zu haben. Flüchtig sinnierte ich darüber nach, was ihr alles verlorengegangen sein mochte, seitdem mein Vater gestorben war, und mir wurde mit einemmal erschreckend klar, was für eine unglückliche Frau sie war. Dann verschwand der Gedanke ebenso rasch wieder, wie er gekommen war, und ich war mir nicht einmal mehr sicher, ob er stimmte.

Tante Helene war die einzige aus unserer Familie, zumindest von den Verwandten, die ich persönlich kannte, die weiterhin streng an unseren Feiertagen festhielt, und sie ließ sich durch nichts und niemanden von ihren regelmäßigen Besuchen in der Synagoge abbringen. Sie war darin genauso entschlossen, wie mein Vater es gewesen war.

Nicht dass ich mich daran besonders gut erinnerte.

Ich war neun gewesen, als er starb, und allmählich versank sein Bild in einem undurchdringlichen Nebel, aus dem nur von Zeit zu Zeit, wenn ich mich sehr bemühte, der Duft seines Rasierwassers auftauchte oder sein Rücken im Konzertfrack, wenn er die Straße auf dem Weg in die Oper hinuntergegangen war. Ich hatte am Fenster gestanden und ihm nachgewunken, bis er um die Ecke gebogen war, und dann hatte ich mich allein gefühlt und verlassen.

Ich trauerte sehr um ihn. Wenn ich es nicht mehr aushielt,

setzte ich mich manchmal vor sein Foto und starrte ihm so lange in die Augen, bis sie vor meinem Blick verschwammen. Helene spürte meine Qual, und sie war es, die mir, ohne dass ich sie jemals darum bitten musste, immer wieder von ihm erzählte.

Meine Mutter sprach fast nie von meinem Vater. Ob aus Bitterkeit darüber, dass er sie mit mir allein gelassen hatte, oder weil sein Bild sich in ihr zu einer Erinnerung gewandelt hatte, in der sie sich zurückgesetzt fühlte durch seine Musik und seine innige Liebe zu mir, wusste ich nicht. Ich verspürte auch nicht den geringsten Wunsch, das ergründen zu wollen.

Als ich zehn Jahre alt war, hatte mich Helene auf die Hochzeit eines Onkels in Philadelphia mitgenommen. Es war das erste Mal gewesen, dass ich Israel verließ, und das erste Mal, dass ich länger als eine Woche ohne meine Mutter war. Ich weiß noch genau, wie ich geheult habe, als wir zurückfliegen mussten. Helene hat es meiner Mutter nie erzählt, wofür ich ihr dankbar bin, denn ich schämte mich meiner kindischen Tränen, hatte sie aber nicht zurückhalten können.

Helene kämpfte unermüdlich dafür, mich zumindest zeitweise, für die großen Ferien und Wochenendbesuche, von dem düsteren, stummen Ort fortzuholen, der aus unserem Zuhause in Jerusalem geworden war. Etwas in meiner Mutter war fortgegangen, als wir meinen Vater beerdigt hatten. Meine verzweifelten kindlichen Versuche, sie aufzuheitern, fielen ins Leere und wichen allmählich einem nagenden Schuldgefühl. Doch mit den Jahren veränderte sich der brennende Wunsch, daran etwas zu ändern, und wurde zu einer leisen Resignation.

Ich war glücklich, zumindest zeitweise, und ersetzte den familiären Halt und meine Heimat dadurch, dass ich mich mit Feuereifer in meinen Beruf stürzte. Die Schauspielerei dämpfte meinen Schmerz, und nur an den Abenden, an denen ich mit Helene sprach, rührte er sich in meiner Brust, so dass ich ihn bis zum nächsten Morgen kaum ertragen konnte. Dann wanderte ich ruhelos durch die fremden Zimmer, rauchend und Gedichte schreibend, und nur die Probe am nächsten Morgen erlöste mich aus meiner Qual.

In dieser Nacht träumte ich von Haifa und dem Meer, in dem wir in den Ferien immer geschwommen waren.

Doch es war nicht wirklich der vertraute Strand, denn das Wasser leckte gierig an meinem Körper und versuchte unentwegt, mich zu verschlingen. Ich wehrte mich und kämpfte dagegen an, doch je mehr ich um mich schlug, desto enger zogen sich die Wellen um meinen Körper zusammen, bis ich wie gelähmt in den Fluten hing und keuchend nach Luft schnappte.

Meine Arme und Beine gehorchten mir nicht mehr, und ich spürte, wie ich langsam versank, nach unten gezogen wurde von einem unsichtbaren Gewicht um meine Knie. Mein Mund näherte sich mehr und mehr der Oberfläche, mein Atem wurde knapp, und ich schmeckte das Salz des Meeres auf meiner Zunge und in meiner Kehle.

Und da spürte ich, wie mich ein klares Gefühl durchdrang, so stark und schmerzlich, als würde ich entzweigerissen: Es gab nichts, was ich tun konnte. Absolut nichts.

Da ließ ich los. Ich ließ mich treiben und versank, und ich öffnete die Augen und sah nichts als Blau, Tiefblau, Augenblau und die Luftblasen, die aus meinem geöffneten Mund nach oben stiegen. Und ich stellte fest, ich konnte das Blau durch meine Lungen atmen, und ich trat die Wellen los von meinen Knöcheln und tauchte davon.

9

Mittwoch. Drei Tage verblieben noch bis zur Premiere.

Unsere Begeisterung wich langsam aber sicher einer quälenden Anspannung. Die Inszenierung stand, doch wir feilten praktisch Tag und Nacht unter Francos unerbittlichen Augen an Kleinigkeiten, was uns zermürbte. Wir schliefen schlecht und aßen wenig.

Maria hatte wie wir alle tiefe Ringe unter den Augen, blieb aber dennoch bei jeder Probe bis zum bitteren Schluss. Sie saß ganz allein in einer Reihe, schräg hinter Franco und Miguel, und mehr als einmal bekam ich mit, wie sie und Franco sich in den Pausen mit mühsam unterdrückten Stimmen stritten.

Dieses Mal schien es ernster zu sein als sonst. Ihre Augen glänzten seltsam fiebrig, als sie ihm sein Textbuch vor die Füße pfefferte und entschlossen den Gang hinunter in Richtung Tür ging. Sie hielt sich dabei sehr gerade, und insgeheim bewunderte ich sie für ihre Stärke, auch wenn ihr Blick verriet, welche Anstrengung sie sie kostete.

Franco eilte ihr nach. Er griff nach ihrem Arm und versuchte, sie zu sich herumzuziehen, doch sie funkelte ihn stumm mit einer solchen Warnung in den Augen an, dass er seine Hand zurückzog, als hätte sie ihn geschlagen.

Ich konnte es nicht lassen – ich musste lächeln. In diesem Moment, ausgerechnet, drehte er sich um und sah auf die Bühne, wo ich ganz allein stand. Unsere Blicke trafen sich für einige Sekunden, und was ich darin las, erfüllte mich mit Abscheu und Faszination zugleich. Es war viel mehr als Aggression und Demütigung. Ein feiner Schmerz flackerte darin auf und verglomm sofort wieder. Aber er war unbestreitbar da gewesen.

Ich spürte Verzweiflung und fragte mich, ob er sie überhaupt gehen lassen würde. Und ich wusste beinahe im selben Augenblick die Antwort: Niemals! Er würde dafür sorgen, dass wir getrennt wurden. Er würde sie lieber vernichten, als sich seelenruhig ansehen, wie ich mit seiner Geliebten davonspazierte.

Und in diesem Augenblick reifte in mir der Plan.

Während einer Technikprobe stahl ich mich heimlich davon und fuhr mit dem Taxi zum Flughafen.

Ich buchte zweimal Florenz – Jerusalem via Tel Aviv, ohne Rückflugticket, für den letzten Flug am Samstagabend. Uns blieben damit genau fünfundvierzig Minuten zwischen dem Ende der Vorstellung und dem Check-in.

Hinter der Bühne steckte ich Maria eines der Tickets zu. Auf einen Zettel, der mit im Umschlag steckte, hatte ich geschrieben:

„Er darf nichts davon erfahren! Bring Deine Koffer am Freitag zu Mario und halte Dich bereit. Wir haben wenig Zeit. Ich liebe Dich. Esther“

„Ich liebe dich“ – das hatte ich ihr bisher nicht gesagt. Ich hatte es noch niemals gesagt, um genau zu sein. Ich war öfter verliebt gewesen in meinem bisherigen Leben, sehr heftig sogar, aber für diese magischen drei Worte hatte es nie gereicht. Selbst bei Stella nicht. Doch als ich Maria diese Nachricht schrieb, wusste ich, dass es richtig war, es zu tun, denn es stimmte: Ich liebte sie.

Es wurde mir mit jeder Minute, die verstrich, deutlicher, stand mir in meinen Träumen vor Augen und durchzog jeden meiner Gedanken bei Tage.

Und ganz plötzlich hatte ich das Gefühl, dass sie es wissen musste, bevor sie sich dafür entschied, mit mir zu kommen in ein für sie vollkommen fremdes Land, das alles andere als ruhig und sicher war zu diesem Zeitpunkt. Wenn sie regelmäßig Nachrichten sah, musste es für sie mit Terror und Krieg verbunden sein. Ich wollte, dass sie wusste, wofür sie es tat. Ich wollte, dass sie sich sicher war, dass ich sie liebte und sie nicht gedankenlos in Gefahr brachte. Dass ich da war, um sie mit meiner Liebe zu beschützen und ihr dieses Land nahezubringen. Ich wollte, dass sie wusste, dass es mein Land war, trotz allem, und damit auch ihres.

Sie ließ den Umschlag geschickt in ihrer Jeanstasche verschwinden, ohne einen Blick darauf zu werfen. Sie tat das so beiläufig, wie sie sich eine Haarsträhne aus dem Gesicht strich, und es tat mir weh, für eine Sekunde, ehe ich mich zur Ordnung rief, denn Franco stand kaum zwei Meter entfernt, in ein Gespräch mit Guiseppe vertieft.

Ich hätte gern ihr Gesicht gesehen, als sie meine Worte las. Sie angeschaut, um herauszufinden, ob Freude in ihren blauen Augen aufblitzte. Ich hätte gern ihre Hand gehalten oder sie in die Arme genommen in diesem Moment, der eigentlich nur uns beiden hätte gehören sollen. Und vor allem hätte ich gern eine Antwort von ihr auf die unausgesprochene Frage vernommen, die hinter meinen Worten verborgen lag. Liebte sie mich so wie ich sie? Empfand sie das gleiche, wenn sie in meine Augen sah und ihre Lippen auf meine legte? Träumte sie die gleichen Träume, wenn sie an mich dachte, oder war all das, was uns verband, für sie nichts weiter als eine kurze Affäre?

Und noch immer wagte ich nicht, sie zu fragen.

Aus Angst vor der Antwort, vielleicht. Aus Angst, sie zu verlieren. Aus Angst, all das, was ich endlich gefunden hatte, nach so langer Zeit, könnte sich in nichts auflösen und unter meinen suchenden Fingern zu Staub zerfallen.

Und dennoch: Hatte sie mich nicht angefleht, sie von hier fortzubringen? War sie nicht diejenige gewesen, die den letzten, entscheidenden Schritt gewagt und sich für uns entschieden hatte, für eine gemeinsame Zukunft, allen Widrigkeiten zum Trotz? Hatte sie vielleicht Angst, genau wie ich, ihre Gefühle zu äußern und ihnen damit Wahrhaftigkeit zu verleihen?

Ich betrachtete Franco, der in eine hitzige Debatte über Sinn und Unsinn einer bestimmten Geste von Guiseppe vertieft war. Ich sah den Schweiß auf seiner Stirn und das Glitzern in seinen dunklen Augen, und ich horchte in mich hinein, um herauszufinden, was für eine Regung er bei mir hervorrief, aber ich war zu müde für Hass oder Zorn. Statt dessen wünschte ich mir einfach nur, es gäbe ihn nicht, und die Dinge wären schön und geradlinig, so wie sie es eigentlich sein sollten, wenn man verliebt ist.

Du verdammter Narr! dachte ich, und dann kehrte ich ihm den Rücken und ging davon. Du weißt nichts von ihr, gar nichts.

Nach der abendlichen Probe lud Franco das komplette Ensemble in eine Pizzeria in einer der Seitenstraßen in der Nähe des Doms ein. Ich schätze, es war als eine Art Belohnung für uns gedacht, um die Truppe angesichts seiner sich häufenden Wutanfälle bei Laune zu halten. Doch von unserer Anspannung abgesehen, war die Stimmung im Ensemble bestens. Noch immer zehrten wir von der Verbundenheit, die sich auf dem Weingut zwischen uns hergestellt und die uns zu einer großen Familie hatte zusammenwachsen lassen.

Mehr denn je hatten wir alle das Gefühl, nicht nur ein winziges Rad in einer großen Inszenierung zu sein, sondern ein entscheidender Teil von ihr, und damit fühlten wir uns alle verantwortlich für ihren Erfolg. Ich glaube, es ging sogar darüber hinaus: Jeder und jede einzelne unter uns war gewillt, wie ein Löwe für dieses Projekt zu kämpfen. Und ganz egal, wie tyrannisch er sich aufführte: Franco war unser künstlerischer Leiter, und es gab niemanden, der in bezug auf seine Arbeit nicht hundertprozentig hinter ihm gestanden hätte.

Vielleicht bezweckte diese Essenseinladung aber auch etwas ganz anderes – vielleicht bildete Franco sich ein, Maria und mich auf diese Weise unter Kontrolle zu haben.

Ich war mir nicht sicher, ob sie, seitdem wir in Florenz waren, noch mit ihm geschlafen hatte. Ich hatte nicht gewagt, sie an jenem Abend in der Bar danach zu fragen. Wenn sie es getan hatte, so musste es schon einige Tage zurückliegen, sonst hätte er sie nicht mit derart hungrigen Augen über den Tisch hinweg angestarrt. Für sie hingegen war er Luft. Fasziniert beobachtete ich, wie sie ihn gekonnt und mit spielerischer Eleganz ignorierte.

Ich hätte sie so gern heimlich berührt. Doch sie saß etliche Plätze entfernt, unerreichbar für mein Begehren. Ich trank zuviel, denn ich war traurig – traurig und glücklich zugleich. Ich wusste, als ich meine Hand zum dritten Mal nach der dunkelroten Karaffe ausstreckte, dass ich hätte innehalten sollen. Doch es gibt Momente, in denen das unmöglich ist, und dies war einer davon. Hätte ich es gekonnt, dann wäre an diesem Abend vielleicht nicht passiert, was dann geschah.

Ich wollte mir die Hände und das heiße Gesicht waschen gehen. Wir saßen draußen auf der Terrasse, von der immer noch lebhaft befahrenen Straße nur durch einige Blumenkübel getrennt. Die Kellner hatten eifrig drei große Tische zu einer langen Tafel zusammengeschoben, sobald sie unserer ansichtig geworden waren. Wahrscheinlich witterten sie das

Geschäft des Sommers, und so unrecht hatten sie gar nicht, wenn ich mir die Mengen an Pizza, Pasta, Salaten und Wein betrachtete, die sie unermüdlich nach draußen balancierten.

Ich stand auf und betrat das eigentliche Restaurant, dessen ganze Vorderfront verglast war, so dass man uns von drinnen mühelos beobachten konnte und umgekehrt. Die Inneneinrichtung war rustikal, und hinter der Theke stand ein geschickter junger Mann, der den Teig in Windeseile um seine Hände wand, knetete und wieder auf die Arbeitsfläche warf, wo er sich im Nu in eine Pizza verwandelte. Zu einem anderen Zeitpunkt hätte ich ihm sicher zugesehen, heute jedoch war ich nicht in der Stimmung und durchquerte statt dessen mit gesenktem Kopf den Raum, tief in Gedanken versunken.

Ich traf Maria in dem Gang vor den Toiletten. Sie war ein Stück kleiner als ich, weil ich meine hohen schwarzen Schuhe trug, und sie hob das Kinn und schaute mir ins Gesicht, und im hellen Blau ihrer Augen sah ich das Bett, in dem wir in jener Nacht gelegen hatten, nachdem wir in dem Restaurant in Fiesole gewesen waren.

Ich legte meine Arme wie in Trance um ihre Taille und küsste sie, endlich. Sie wehrte sich nicht. Im Gegenteil: Sie schlang ihre Arme um meinen Hals und drängte sich hinein in meinen Kuss. Ich vergaß in diesem Moment, dass der Raum hell erleuchtet war, vergaß die gläserne Vorderfront und die Menschen draußen auf der Terrasse und sah nur noch sie. Sie und ihre geschlossenen Lider dicht vor meinen Augen, ihr schwarzes Haar. Ich roch den schwachen Duft ihrer Haut und spürte ihre Lippen auf meinen.

Natürlich entdeckte Franco uns ziemlich schnell. Dort, in jenem Augenblick, war mir jedoch gleichgültig, was geschah, denn der Wunsch, in ihrer Nähe zu sein, sie zu spüren, war so stark angewachsen, dass er alles andere beiseite stieß. Es war mir kaum möglich, mich von ihr zu lösen.

Ich sah seinen Blick, sah ihn und hielt ihm stand, meine Hände fest auf ihrer Taille. Jeder Zoll an mir musste wie eine Herausforderung auf ihn wirken, wie eine trotzige Provokation, die ich ihm, ohne mit der Wimper zu zucken, vor die Füße schleuderte.

Nach einer scheinbaren Ewigkeit erhob er sich. Sein Stuhl flog mit der Metallehne gegen einen Blumenkübel, und das Geräusch wirkte hier drinnen unnatürlich laut. Es holte uns in die Wirklichkeit zurück und bewog mich, Maria heiser ins Ohr zu flüstern:

„Was willst du tun? Ich werde jetzt gehen."

Sie sah mich an, und es erschreckte mich, wie ruhig sie war.

„Er wird dich nicht gehen lassen. Aber wenn ich dich begleite, hat er keine andere Wahl."

Ich nickte, denn ich wollte sie ungern allein zurücklassen. Also nahm ich ihre Hand, und wir verließen das Restaurant. Es war sehr still draußen auf der Terrasse. Franco hatte sich nicht vom Fleck gerührt. Er schwankte jedoch ein wenig. Ich merkte, dass er zuviel getrunken hatte. Dadurch brauchte er zu lange, um seine Gedanken zu ordnen. Wir waren bereits ein gutes Stück die Straße hinuntergelaufen, als sein Weinglas mit einem hellen Ton auf dem Kopfsteinpflaster hinter uns zerbrach. Seine Verwünschungen taten uns nicht weh.

Ich hielt ihre schmalen Finger fest.

„Darauf hätten wir es nicht ankommen lassen dürfen! Wir waren in Sicherheit, solange er nichts Konkretes gegen uns in der Hand hatte."

„Ich weiß. Aber manchmal gibt es Dinge, die man tun muss."

Sie schwieg drei Schritte lang.

„Es tut mir leid, dass du dafür wirst büßen müssen – mehr als ich, denn du kannst ihm nicht aus dem Weg gehen."

„Aber die Bühne schützt mich, und dich nicht. Du bist diejenige, die mit ihm allein ist."

Sie schüttelte energisch den Kopf.

„Du ahnst ja nicht, wie leicht es sein wird, ihn glauben zu machen, ich wäre zurückgekommen. Ich werde so tun, als hätte ich mich geirrt. Als täte es mir leid. Als liebte ich ihn. Ich werde mit ihm zusammensein, ein letztes Mal, heute nacht, für uns. Ihn ahnungslos in den Schlaf wiegen, und dann ist es vorbei."

Mir wurde eiskalt.

„Bist du verrückt? Das kann ich nicht zulassen. Du vergewaltigst dich praktisch selbst."

„Auf ein Mal mehr kommt es auch nicht an."

Ihr Gesicht war verschlossen und unbewegt. Sie weigerte sich, weiter mit mir über das Thema zu debattieren. Im Hotel angekommen, ging sie sofort auf ihr Zimmer und überließ mich meinen düsteren Gedanken.

Ich ging die Treppen hinauf und machte kein Licht in meinem Zimmer, damit man mich von unten nicht hinter der Gardine stehen sah. Dort wartete ich in der Dunkelheit, die nur von den Lichtern der Straße unter mir und der Leuchtreklame des gegenüberliegenden Hotels durchbrochen wurde. Die Minuten verstrichen quälend langsam, und die Stille erschien mir plötzlich unerträglich. Mit zitternden Fingern zündete ich mir eine Zigarette an und beobachtete, wie der Rauch emporstieg und sich unter der Decke für einige Sekunden sammelte, ehe er sich auflöste und verschwand. Zu warten erschien mir tausendmal schlimmer als zu handeln; ich fühlte mich wie ein eingesperrtes Tier und musste mich zwingen, am Fenster stehenzubleiben, anstatt durch den Raum zu laufen.

Endlich sah ich Franco und die Truppe unten auf der Straße vor dem Hotel auftauchen. Er wurde von Miguel gestützt und redete sehr laut und alkoholgeschwängert, während die anderen, sofern sie nicht ebenfalls betrunken waren, eher betreten dreinschauten.

Ich wartete eine Weile, bis der Lärm auf den Fluren des Hauses wieder verklungen war. Sicher war er jetzt in seinem Zimmer angekommen, selbst wenn Miguel ihn dorthin hätte tragen müssen. Und sie würde dort auf ihn warten. Maria würde allein mit ihm sein heute nacht, und meine Untätigkeit brachte mich fast um den Verstand. Mehrmals war ich versucht, einfach zu ihnen zu laufen, die Tür zu seinem Zimmer aufzureißen und laut zu schreien – aber was hätte ich rufen sollen?

Ich ging ins Bad und schlug mit der Faust in den Spiegel. Er zersprang in tausend Stücke. Meine Hand blutete, und ich steckte mir einen Finger nach dem anderen in den Mund und schmeckte den bitteren, metallischen Geschmack auf meiner Zunge, in meiner Kehle, in meinen Eingeweiden. Ich musste mich übergeben, und dann legte ich mich auf die kühlen Fliesen und wartete darauf, dass ich vor Erschöpfung einschlief.

Ich hatte ihr nicht alles gesagt.

Ich kannte Franco, viel besser, als alle hier ahnten. Ich hatte bereits einmal mit ihm gearbeitet, zu einer Zeit, als er noch längst nicht so berühmt gewesen war wie heute. Ich kam in Israel gerade frisch von der Schauspielschule. Eines der zahlreichen Theater in Jerusalem hatte den Regisseur, der sich zwar in Italien bereits etabliert hatte, aber damals gerade erst im Begriff war, das neue Lieblingskind der internationalen Kulturszene zu werden, für eine englischsprachige Aufführung ins Land geholt, und er arbeitete fast ausschließlich mit jungen, unerfahrenen Talenten. Damals hatte ich noch nicht gewusst, dass ich lesbisch war, es aber doch zumindest geahnt. Mit Männern lief schon seit längerem nicht mehr viel, und ich trug eine Sehnsucht in mir nach etwas, das für mich noch nicht greifbar war.

Franco dagegen sehnte sich ganz offensichtlich nach mir.

Seine Annäherungsversuche waren unmissverständlich gewesen. Eines Abends nach der Probe, als ich mich allein in der Garderobe befand, die ich normalerweise mit fünf anderen Frauen teilte, war er hereingekommen und zudringlich geworden. Ich hatte ihm eine geknallt, woraufhin er mich feuerte.

Das Schlimme daran war nicht gewesen, dass ich wegen der Inszenierung ein anderes Engagement in Tel Aviv abgesagt hatte und deshalb für die nächsten drei Monate hatte kellnern müssen. Das wirklich Schlimme war, dass ich die Erinnerung an seine Hände auf meinem Körper nicht los wurde, an seine grapschenden, gierigen Finger. Und wenn ich jetzt sah, wie er Maria berührte, kam sie wieder, die Erinnerung, kalt und unerbittlich.

Damals hatte mich Rahel, eine Kollegin, in stundenlangen Telefonaten darüber auf dem laufenden gehalten, was nach meinem Rauswurf bei der Compagnie geschah. Noch immer fühlte ich mich mit der Inszenierung verbunden, denn es war erst mein drittes Engagement gewesen, aber ich wagte es nicht einmal, zur Premiere zu erscheinen.

Franco suchte sich Leah als das nächste Objekt seiner Begierde aus.

Leah Seligmann war meine beste Freundin gewesen. Wir hatten uns auf der Schauspielschule in Jerusalem kennengelernt und bewohnten zusammen ein kleines Zimmer in der Nähe des Theaters. Sie war eine fröhliche, naive Frau, und ich liebte sie von Herzen, auf eine ganz und gar asexuelle Art und Weise. Sie war klug genug, ihre kleine Affäre mit Franco bei unseren wöchentlichen gemeinsamen Mittagessen vor mir geheimzuhalten. Sie war die einzige, die von seinem Versuch, bei mir zu landen, wusste. Als sie es mir dann doch eines Nachts unter Tränen beichtete, war es schon zu spät – sie war hoffnungslos in ihn verliebt. Als sein Vertrag in Israel schließlich auslief, verließ Franco sie, wie ich es auch nicht anders erwartet hatte. Sie war für ihn ein Zeitvertreib gewesen, eine Bestätigung seines Egos und seiner männlichen Attraktivität, nachdem er von mir eine handfeste Abfuhr erhalten hatte.

Durch Zufall erfuhr ich aus der Zeitung, die ich eines Tages bei einem Zahnarztbesuch im Wartezimmer aufschlug, dass er bei seinem nächsten Engagement Meggie kennengelernt hatte, eine englische Dramaturgin, die er dann tatsächlich heiratete. Zwar hielt diese Ehe nur wenig mehr als zehn Monate, doch für Leah war das kein Trost mehr. An dem Tag, als Francos neue Premiere in Rom lief, nahm sie eine Überdosis Tabletten und starb. Ich war im Theater, als es passierte, doch da wir uns nach wie vor ein Zimmer teilten, fand ich sie nachts in ihrem Bett und schickte Franco ihren Abschiedsbrief hinterher. Er hat ihn nicht gelesen, denn der Umschlag kam einige Tage später ungeöffnet zurück.

Ich hatte ihm in die Augen gesehen, als er nach mir griff, und mir war der Zorn in ihnen nicht entgangen, als ich ihn zurückwies. Aber ich konnte mir auch die kalte Gleichgültigkeit in ihnen vorstellen, als Leah ihn angefleht hatte, und ich wusste, warum Maria und ich gehen mussten. Ich hatte gelernt, seine Konsequentheit und Härte zu fürchten, und er wirkte unheilvoller als je zuvor.

Maria war in Gefahr.

10

Donnerstag. Noch zwei Tage bis zur Premiere.

Es regnete in Strömen, als ich mich am nächsten Morgen zum Frühstück schlich. Bis zur Dämmerung hatte ich auf den eiskalten Badfliesen gelegen, die Splitter des gesprungenen Spiegels noch immer in der Hand, in einem Zustand zwischen Traum und Realität. Dann, gegen vier Uhr früh, hatte ich mich mühsam erhoben und ins Bett geschleppt, um noch einige Stunden vor mich hin zu dösen, ohne vorher ans Ausziehen oder Waschen zu denken. Ich konnte mich nicht entscheiden, was schlimmer war: die wirren Träume, die mich verfolgten, oder das Bewusstsein, das mich jedesmal schneidend und unerbittlich traf, sobald ich erwachte – Maria lag in Francos Armen. Und niemand wusste, was er mit ihr tat. Und ich? Ich war nicht dort, um ihr zu helfen, obwohl ich ihn kannte. Wie hatte ich es so weit kommen lassen können?

Um acht Uhr hatte ich Mario an der Rezeption angerufen. Er war sofort gekommen, hatte mir die Hand verbunden und die Überreste des Spiegels beseitigt, ohne eine einzige Frage zu stellen. Doch das war auch nicht nötig, ich öffnete mich ihm von selbst. Von Anfang an hatte ich gespürt, dass wir gute Freunde werden könnten, und meine Vermutung erwies sich als richtig. Ich erzählte ihm nicht alles, aber das Notwendigste. Ich erzählte ihm von Maria und von mir und von Franco, und ich weihte ihn in unseren Plan ein, Italien zu verlassen, möglicherweise für immer. Er nahm mich in seine Arme, und ich fühlte mich plötzlich so geborgen an seiner breiten Brust, dass all die Anspannung der vergangenen Wochen, all die Angst der Nachtstunden von mir abfielen, und ich fing hemmungslos an zu weinen. Ich durchweichte sein weißes Hemd, das schwach nach Espresso und Zigarillos roch, und er strich mir über das Haar und verfluchte Franco, während er mich gleichzeitig zu beruhigen versuchte.

Schließlich packte er mich bei den Schultern und blickte mir in die Augen, und sein sonst so verschmitztes Gesicht sah plötzlich ganz anders aus, dunkel und entschlossen und zornig.

„Ich helfe euch. Sag mir, was ich tun soll. Was auch immer es ist, diesem Kerl sollt ihr nicht eine Sekunde länger ausgeliefert sein!"

Franco erschien nicht zum Frühstück. Vermutlich saß er bereits in irgendeinem Café vor einem rabenschwarzen Espresso, um seinen Kopf für die Arbeit klarzukriegen. Sie war ihm letztlich sogar wichtiger als sein Ego, das ihm vermutlich in genau diesem Moment diktierte, meinen Kopf in einen der zahlreichen Florentiner Brunnen zu tauchen und mich zu ertränken.

Als ich meine Tasche aus meinem Zimmer geholt hatte und gerade das Hotel in Richtung Theater verlassen wollte, traf ich Maria auf dem Gang zum Fahrstuhl. Sie trug eine riesige dunkle Sonnenbrille, die die Hälfte ihres Gesichtes bedeckte, und für einen Moment meinte ich, sie schwanken zu sehen, doch sie blieb kerzengerade vor mir stehen. Schweigend berührte ich sie am Arm, ganz leicht, um sie daran zu erinnern, dass ich es war, die vor ihr stand, und dass sie sich nicht zusammenreißen musste, dass sie sich fallenlassen konnte und ich sie auffangen würde.

Mit einer unendlich langsamen Geste nahm sie die dunkle Brille ab und sah zu mir hoch, so als zwänge sie ihre Gedanken voran, um ihnen die Schärfe zu nehmen. Um ihr linkes Auge hatte sich bereits eine blaugrünliche Schwellung gebildet, die an Umfang sicherlich noch um einiges zunehmen würde.

In diesem Moment spürte ich, wie der Hass wieder hochkam, den ich nach Leahs Tod so mühsam niedergehalten hatte. Er wuchs und verdichtete sich von Sekunde zu Sekunde, wurde schwer und undurchdringlich in meinen Gedanken, bis er alles ausfüllte in mir und der Geschmack auf meiner Zunge bitter wurde.

„Ich bringe ihn um."

Sie lachte, seltsam trocken und hohl.

„O nein, meine Liebe, das ist er nicht wert. Er hat es mir geglaubt. Es hat eine ganze Weile gedauert, aber dann hat er es mir abgenommen. Er ist im Grunde nichts als ein eitler, selbstzufriedener Idiot, Esther. Und jetzt wird er keinen Argwohn hegen, bis seine Hauptdarstellerin und seine brave Geliebte auf der Premierenfeier plötzlich verschwunden sind."

Ich sah sie stumm an und ließ ihre Worte auf mich wirken, ließ sie mich einlullen und beruhigen und bewunderte die Stärke, mit der sie alles ertrug. Dann nahm ich sie in die Arme und vergrub mein Gesicht in ihrem Haar, das schwach nach Rosenholz duftete. Sie zitterte kurz, dann presste sie ihre Lippen auf meinen Hals und schob mich zurück.

„Geh und spiele deine Rolle. Und mach dir keine Sorgen um mich. Dann wirst du schwach, und er wird es merken. Und dann wäre alles umsonst gewesen. Noch einmal wird er nicht Hand an mich legen, das schwöre ich dir."

Ich sah ihr nach, wie sie den Flur entlangging, schlank und aufrecht, und die Vorstellung, dass er sie benutzt und misshandelt hatte, würgte mich noch einmal. Dann begrub ich das Bild tief in mir, vorerst.

Ich sah die endlos langen Stunden der Probe durch ihn hindurch, als wäre er aus Glas, um sicherzugehen, dass ich mich unter Kontrolle hatte. Erst am späten Nachmittag hatte ich einen Gemütszustand erreicht, der es mir ungefährlich machte, mich ihm zu nähern.

Als er diejenigen Szenen ansetzte, in denen ich keinen Auftritt hatte, begab ich mich hinter die Bühne. Wir probten schon seit einigen Tagen in Kostüm und Maske und das lange Gewand der Julia floss mir um die Beine und machte meine Schritte weich und fremd. Ich trug eine blonde Langhaarperücke, die ein wenig zu eng war und meine Haut prickeln ließ.

Meine Gedanken kreisten um die Frage, wie wir Samstagnacht nach der Premiere möglichst rasch und unbemerkt von hier verschwinden konnten. Es würde zugehen wie in einem Tollhaus, das war unser Vorteil, doch es blieb noch immer das Problem, wie wir unser Gepäck zum Flughafen schaffen sollten, ohne dass es jemand bemerkte.

Ich streifte unermüdlich durch die langen Flure des Theaters auf der Suche nach einem Ausweg, aber wie ich es auch drehte und wendete – unsere Aussichten waren wenig ermutigend. Franco würde das Haus den ganzen Tag nicht für eine Minute verlassen. Wie ich wusste, besaß er die Angewohnheit, sich die Premieren stets vom äußersten Sitzplatz ganz links in der ersten Reihe anzusehen. Dann würde es nur Sekunden dauern, bis er hinter der Bühne war, um sich mit uns zu verbeugen, und danach würden wir ihn bis zum Ende der Premierenfeier nicht mehr loswerden.

Die Hauptfrage war also, wo sich Maria befinden würde. Es stand eigentlich außer Frage, dass er sie in der Stunde seines Erfolges an seiner Seite würde haben wollen, was bedeutete, dass wir den Moment nutzen mussten, in dem er mit ihr hinter die Bühne kam. Sie musste dafür sorgen, dass sie getrennt wurden. Danach musste sie verschwunden bleiben, denn es würde genug Leute geben, die ihn beglückwünschen und seine

Aufmerksamkeit beanspruchen würden. Da war sie also, unsere Chance. Klein zwar, aber sie existierte.

Ich beschloss, meine Kleider unter dem Kostüm anzubehalten. Ich hatte in den letzten Wochen so viel abgenommen, dass es sicherlich niemandem auffallen würde. Als ich bis zu diesem Punkt gekommen war, rief ich Maria von meiner Garderobe aus im Hotel an.

„Was ist, wenn er mich sucht, solange wir noch im Theater sind?"

„Das darf nicht passieren. Wir müssen schnell sein. Geh zu Mario, ihm können wir vertrauen. Sag ihm, wir brauchen ein Taxi für Samstagabend. Der Fahrer muss während der Vorstellung das Gepäck aus dem Hotel abholen und damit pünktlich vor dem Bühnenausgang warten. Okay?"

Am anderen Ende der Leitung herrschte Schweigen, und für einen Moment dachte ich, sie hätte aufgelegt, aber dann hörte ich ihren Atem ganz dicht an meinem Ohr. Um welche Worte rang sie?

„Esther?"

„Ja?"

Plötzlich wurde mir kalt, unerträglich kalt, und fröstelnd zog ich die Schultern höher, so als könnte ich mich dadurch vor dem schützen, was kam. Denn was konnte sie mir anderes sagen wollen, als dass sie es sich anders überlegt hatte? Ja, ich war mir ganz sicher: Sie würde mich im Stich lassen. Im nächsten Moment schämte ich mich für meine Gedanken, denn sie hatte mir bis jetzt noch nie Veranlassung gegeben, an der Echtheit ihrer Gefühle für mich zu zweifeln. Und dennoch ... Und dennoch hatte sie die drei Worte noch nicht ausgesprochen, war keine Erklärung ihrer Liebe über ihre Lippen gekommen. Ich war dabei, mein ganzes mühsam erkämpftes Leben für diese Frau umzukrempeln und ein Land zu betreten, von dem ich mir geschworen hatte, dass es mich nie wiedersehen würde, sofern dies nicht auf der Einladung meiner Familie beruhte.

Ihre Stimme riss mich aus meinen Gedanken, die langsam aber sicher von Panik durchzogen wurden.

„Hast du Angst?"

Ich lauschte, aber sie schwieg. War das alles? Wollte sie mich einzig fragen, ob ich mich ängstigte vor dem, was uns bevorstand?

„Was fühlst du, wenn du an übermorgen denkst, Esther? Denn, weißt du, ich habe Angst, furchtbare Angst sogar."

Der Satz endete mit einem kaum merklichen Zittern in ihrer Stimme, dann wurde es erneut still, und für einen Augenblick fragte ich mich, ob sie weinte, aber ihr Atmen war nicht mehr deutlich genug, um es mit Bestimmtheit sagen zu können.

Ich räusperte mich, denn ich hatte einen Kloß im Hals, und als ich sprach, klang meine Stimme seltsam fremd und wie von weither.

„Ja, ich habe auch Angst. Angst, wie ich sie selten empfunden habe. Aber ich fürchte mich nicht vor Franco und der Tatsache, dass er sich uns in den Weg stellen könnte. Damit kann ich umgehen. Ich fürchte mich davor, dich zu verlieren. Denn ich habe niemals zuvor jemanden wie dich gekannt. Und obwohl das, was wir teilen, bis jetzt im verborgenen geschehen musste, fürchte ich, es würde mir den Atem nehmen, ohne dich weiterleben zu müssen."

Was ich gesagt hatte, hing schwer und endgültig im Raum. Es gibt Aussagen, die man niemals wieder zurücknehmen kann, und diese gehörte dazu. Ich war einen entscheidenden Schritt weitergegangen, und der Weg zurück zu einer harmlosen Sommerbekanntschaft war uns für immer versperrt. Aber letzten

Endes war es das zwischen uns auch nie gewesen.

Und mit einemmal hatte ich nicht mehr das Gefühl, mit diesen Worten etwas aufs Spiel zu setzen. Sie waren notwendig, wenn wir den Weg, den wir gewählt hatten, wirklich gehen wollten. Ich wollte, dass sie es wusste und sich dann bewusst dafür entschied, mit mir nach Israel zu gehen. Nicht, weil sie vor einer Beziehung fliehen wollte, die sie einengte, sondern weil sie mit mir leben wollte.

Diesmal war ich mir sicher, dass sie weinte. Ihr Schluchzen klang unterdrückt, so als würde sie sich die Hand vor den Mund pressen, aber ich hörte es dennoch.

„Ich habe niemandem mehr vertraut, bis du kamst. Es tut mir leid, dass ich nicht immer die passenden Worte finde, aber ich habe noch nie in meinem Leben etwas so sehr gewollt wie dies, wie uns. Bitte glaub mir das."

Ehe ich antworten konnte, hatte sie aufgelegt. Stumm starrte ich das Telefon an und war im ersten Moment wie vor den Kopf geschlagen. Doch dann dämmerte mir, was sie gesagt hatte, und ich begriff, wie viel diese Sätze für sie bedeuteten. Ich war nicht allein. Sie war da, und sie würde mich nicht verlassen.

Ich rauchte in Windeseile eine Zigarette, ohne etwas zu schmecken, einzig um meine Nerven zu beruhigen. Dann erst kehrte ich zu den Proben zurück, und niemand schien auch nur im geringsten zu bemerken, wie aufgewühlt ich innerlich war.

11

Freitag. Generalprobe.

Früh um sechs schlich sie sich in mein Zimmer, als alle anderen noch schliefen. Ich drückte sie an mich, als wollte ich sie für immer festhalten. Unsere Liebe hatte etwas verzweifelt Endgültiges an diesem Morgen.

Sie lag unter mir mit geschlossenen Augen, während ich mich auf ihr bewegte, und immer dann, wenn ich das Gefühl hatte, ihr weh zu tun, zu heftig gegen sie zu stoßen, legte sie mir die Hände auf den Rücken und zog mich noch tiefer auf sich herab, presste ihr Becken noch stärker gegen meines und zwang mich in einen noch wilderen Rhythmus. Ich konnte mich ihr nicht entziehen und legte meinen Mund auf ihren Hals, um meinen Atem zu ersticken. Sie schrie auf, als sie kam, und presste ihre Lippen so heftig auf meine, dass es schmerzte. Wir hatten die ganze Zeit kein einziges Wort gesprochen, doch dann zog ihre Stimme rauh durch den Raum:

„Ich liebe dich."

Und noch einmal: „Ich liebe dich."

Dann war es still.

Der Rest des Tages ließ wenig Raum für Gefühle und Gedanken. Wir probten konzentriert, und es wurde schnell klar: Franco hatte uns perfekt vorbereitet.

Er selbst wirkte beherrscht und in sich gekehrt, und ich konnte nicht wirklich einschätzen, ob das ein gutes oder ein schlechtes Zeichen war. Beinahe war mir seine zügellose Wut lieber gewesen als diese unheimliche Ruhe. Ich fragte mich, ob er Maria wirklich geglaubt hatte. Manchmal spürte ich unvermittelt, wie sein seltsam unergründlicher Blick auf mir ruhte, und dann wusste ich: Es war noch nicht vorbei.

Ich hämmerte mir diesen Satz fortwährend ein, um jegliche Unvorsichtigkeit zu vermeiden.

Bevor ich an jenem Abend erschöpft ins Bett fiel, rief ich noch einmal in Haifa an.

„Wie heißt sie, Esther?“

Helene hatte als erste aus meiner Familie, vielleicht noch vor mir selbst, von meiner Art zu lieben gewusst. Manchmal hegte ich den Verdacht, dass es auch in ihrem Leben, vor langer Zeit vielleicht, eine Frau gegeben hatte.

In ihrer Wohnung existierte ein Schwarzweißfoto, das sie Arm in Arm mit einer fremden Frau zeigte. Es hing an ihrer Wohnzimmerwand, mitten zwischen all den Bildern von David, ihrem verstorbenen Mann, und ihren beiden Söhnen. Es war ein wenig unscharf, und Helene wirkte darauf ganz anders als auf den Familienporträts – sehr jung und sehr glücklich. Es war, als strahle die Freiheit, die sie für kurze Zeit während des Studiums gefunden hatte, aus ihrem Blick. Irgend etwas musste danach geschehen sein, das dieses Licht zurückgedrängt hatte.

Wenn ihr Blick auf dieses Bild fiel, meinte ich den Namen Sophie leise über ihre Lippen kommen zu hören. Doch dies geschah nur, wenn wir allein und so vertraut miteinander waren, wie es früher der Fall gewesen war, wenn ich sie in den Sommerferien besuchte. Dann war ihr Blick weit entfernt und sah etwas, das sie sonst in ihrem Inneren verschlossen hielt, und ihr Gesicht wurde weich und zärtlich. Manchmal seufzte sie.

„Maria.“

„Maria also. Schön.“

Es war eigenartig, den Namen meiner Geliebten aus ihrem Mund zu hören, aber es klang so schön, so fließend, dass ich mir wünschte, sie hätte ihn noch einmal gesagt.

12

Der Samstag war gekommen, der große Tag – Premierenabend. Und es war der Tag, an dem Maria und ich fortgehen wollten. Fort vom Theater, fort aus Italien, fort von diesem verrückten Genie, das die Liebe verwechselte mit der Gier nach etwas, was es niemals haben konnte – eine willenlose Puppe zu seinem Vergnügen, die seinen Wunsch nach Bestätigung stillte, ohne eigene Bedürfnisse zu äußern. Die seine Herrschsucht und Eifersucht ertrug, ohne jemals aufzumucken, und die ihn schmückte und sein Bild vom erfolgreichen, machtvollen Regisseur vollkommen machte. Er würde sie niemals finden, höchstens ein Abziehbild seiner Vorstellung, ein hirnloses Geschöpf ohne Sinn und Verstand. Er war armselig und gleichzeitig bedauernswert in seiner Unfähigkeit.

Mein Zimmer war leer, unsere Koffer waren fort. Vergangene Nacht hatten wir sie, als alle anderen schliefen, hinuntergeschafft zu Mario, und dort warteten sie jetzt in einem Hinterzimmer auf seinen Cousin, der Taxi fuhr und uns zum Flughafen bringen sollte.

Wir hatten nur das Notwendigste dabehalten, um uns waschen und anziehen zu können. Beinahe das Schwerste war es für mich, zum Frühstück zu erscheinen, wo wir alle zusammensaßen und die Gefahr am größten war, in ein verräterisches Gespräch verwickelt zu werden.

Ich rauchte nervös und schob mir die Sonnenbrille immer wieder ins Haar hinauf. Zum Glück saß Franco drei Tische entfernt. Gegen Ende des Frühstücks stand er auf und klopfte theatralisch an sein leeres Orangensaftglas. Sofort wurde es still in dem kleinen Raum. Er hielt eine kurze Rede darüber, was wir in den vergangenen Wochen aus dem Nichts erschaffen hatten, und wünschte uns „toi toi toi“ für den Abend. Beifall antwortete ihm, in den ich zähneknirschend einstimmte.

Wieder einmal fühlte ich mich innerlich zerrissen zwischen meiner beruflichen Identität und meinen privaten Interessen.

Es war ein fast schon vertrautes Gefühl in meiner Magengrube, ebenso wie das Lampenfieber.

Ich rührte gerade zum x-ten Mal an diesem Morgen meinen Milchkaffee um, als sich die Blicke von Maria und mir durch den Raum hinweg trafen. Sie grinste leicht schief und hob die Augen gen Himmel angesichts von Francos Rede.

Ich musste ebenfalls lachen und schaute schnell wieder auf mein Brötchen mit Marmelade, von dem ich gerade dreimal abgebissen hatte. Angewidert legte ich es auf den Teller zurück – Premieren schlugen mir grundsätzlich auf den Magen.

Nach dem Frühstück gingen wir auseinander. Es war die Zeit, in der jeder und jede von uns allein sein und zusehen musste, wie er oder sie mit dem wachsenden Lampenfieber fertig wurde. Ich fuhr mit dem Bus zu einem Museum. Das mag seltsam klingen, aber es ist das Ritual, das ich vor jeder Premiere wiederhole, ganz gleich in welcher Stadt ich mich befinde, weil es mir die größtmögliche Anonymität bietet.

Ich kehrte erst am frühen Nachmittag ins Hotel zurück, als sich die übliche Leere in meinem Kopf eingestellt hatte, die es mir ermöglichte, mich in diejenige Person zu verwandeln, die ich spielen sollte.

Dort packte ich die letzten Dinge, die mir noch geblieben waren, in meinen ausgebeulten Lederrucksack, küsste das Foto meiner Großmutter, das ich immer bei mir trug, und schloß die Tür hinter mir.

Ich ging zu Fuß zum Theater, und für einen Moment verharrte ich dort vor dem Bühneneingang und prägte mir das Licht und die lauten Geräusche der Stadt ein, ließ noch einmal Realität und Alltag auf mich wirken. Dann trat ich ein in die andere Welt, die für uns zur Zeit so viel wirklicher war.

Schon jetzt, Stunden vor dem Heben des Vorhangs, herrschte

hektische Betriebsamkeit hinter der Bühne. Techniker und Technikerinnen, Tonmeister und Beleuchter, die Inspizientin sowie Maskenbildnerinnen und Kostümschneiderinnen wirbelten bunt durcheinander mit den Schauspielern und Schauspielerinnen, alle in Eile, alle in heller Aufregung. Ich brachte meinen Rucksack in meine Garderobe und stellte ihn in den Schrank, so dass er aus dem Blickfeld verschwunden war. Er enthielt meinen kostbarsten Schatz: mein Flugticket.

Glücklicherweise hatten Guiseppe und ich jeweils eine Einzelgarderobe erhalten. Ich stellte mich vor den Spiegel und betrachtete die Frau mit den schwarzen Locken, die dort stand, in einer schwarzen Hose und einem schwarzen Shirt. Sie sah aus wie ein Rabe mit dunklen, unnatürlich glänzenden Augen, nur dass sie unter ihrer Bräune weiß war wie Kalk.

Ich setzte mich und hielt meinen Kopf in den Händen, zwei Minuten lang. Dann war das Bild in meinem Kopf verschwunden, und ich begann routiniert, mir die Haare aufzudrehen und unter das Haarnetz zu stecken. Als meine Maskenbildnerin klopfte, war mir von Aufregung nichts mehr anzumerken. Ungerührt breitete sie den Strom ihrer Erzählung vor mir aus, und ich tauchte ein in die selige Monotonie.

Als ich vollständig in Kostüm und Maske war, sah mir niemand das kurze Kleid an, das ich darunter anbehalten hatte. Für die Fahrt zum Flughafen würde es genügen.

Halb acht, eine halbe Stunde bis zum Vorstellungsbeginn, die Stimme der Inspizientin schallte durch die Garderoben. Ich atmete tief durch und ging auf die Hinterbühne. Dort widerstand ich der Versuchung, durch den Vorhang zu spähen, um zu sehen, ob sie da war. Ich zwang mich zur Ruhe. Nach und nach füllte sich der Raum hinter der Bühne. Franco kam und spuckte jedem von uns dreimal über die Schulter. Er sah mir als einziger dabei nicht in die Augen, sein Gesicht war starr wie eine Maske und zeigte keinerlei Regung. Dann ging er, um seinen Platz einzunehmen. Miguel übernahm jetzt die Führung. Obwohl die Last der Verantwortung ausgereicht hätte, einen Riesen in die Knie zu zwingen, schien er mit jeder Minute, mit der der Beginn der Aufführung näher rückte, zu wachsen.

Wir nahmen unsere Plätze ein, und um fünf Minuten vor acht war es mucksmäuschenstill hinter der Bühne. Die Konzentration hing in der Luft wie elektrische Spannung. Dann kam das Zeichen, das Rot hob sich, und der riesige, dunkle Schlund des wartenden Saales machte sich bereit, uns zu verhöhnen – oder zu den Sternen zu heben.

Ich vergaß alles um mich herum, die Angst, den Zorn, ja sogar die Anspannung, die auf mir gelastet hatte wie ein düsterer Flügel, und wurde ganz und gar zu Julia. Für den Moment gab ich mein eigenes Leben willig an das helle Licht der Scheinwerfer ab, das kleine Schweißperlen auf mein sorgfältig gepudertes Gesicht zauberte.

Zwei Häuser in Verona, würdevoll,
Wohin als Szene unser Spiel euch bannt,
Erwecken neuen Streit aus altem Groll,
Und Bürgerblut befleckt die Bürgerhand.

Die Stimme schnitt durch die erwartungsvolle Stille wie Marmor durch Glas. Mit seinen Eingangsworten hatte der Sprecher die Menschen in das Drama hineingezogen, das wir vor ihren Augen entrollten. Ich konnte spüren, wie sie Atem holten gleich einem einzigen Individuum, und siehe da, die Symbiose zwischen ihnen und uns, die so selten in prächtiger Vollständigkeit auftritt, fand ihren Weg in dieses kleine, schäbige Theater in einer der schmalen Gassen von Florenz.

Zu früh, befürcht ich; denn mein Herz erbangt
Und ahnet ein Verhängnis, welches, noch
Verborgen in den Sternen, heute nacht …

1. Akt, 4. Szene. Guiseppe sah aus wie ein schwarzer Engel. Er trug keine Perücke, der Glückliche, so dass sein wirres, dunkles Haar ihm ungehindert in die Stirn fallen konnte. Ich fand ihn unglaublich schön an diesem Abend, und ich wünschte mir, Milena wäre hier gewesen, um ihn zu sehen, bevor sie das nächste Mal mit Enrico ins Bett stieg. Ob er auch daran dachte, jetzt, in diesem Moment? Mir blieb keine Zeit, diesen Gedanken zu verfolgen.

Altes Verlangen stirbt; es zu beerben
Ward junge Leidenschaft geschwind ersehn.

Während des Prologs zum zweiten Akt hielt ich es nicht mehr aus. Ich schlich mich auf der Seitenbühne so weit vor, dass ich einen Blick auf die erste Reihe der linken Saalhälfte werfen konnte. Franco starrte auf die Bühne, als wollte er uns mit der Kraft seiner Gedanken dirigieren. Er hielt den Kopf leicht gesenkt und bewegte sich nicht einen Millimeter, düster lauernd wie eine Katze im Unterholz.

Altes Verlangen stirbt; es zu beerben
Ward junge Leidenschaft geschwind ersehn …

Die Worte bohrten sich in meine Brust. Welches Spiel hatten wir begonnen? Mir schwindelte.

Neben ihm saß Maria, regungslos. Sie schaute durch den Bühnenraum hindurch in eine andere Zeit. Das Blau ihrer Augen war stumpf und leer in dem Bemühen, ihm nichts zu lassen als ihre Hülle, den gefühllosen Körper einer schönen Puppe.

Ich konnte sie nicht länger betrachten, erneut musste ich auf die Bühne.

Wer bist du, der du, von der Nacht beschirmt,
Dich drängst in meines Herzens Rat?

Ich bemühte mich, mich von ihrem Bild zu lösen und auf das Spielen zu konzentrieren, und konnte doch spüren, wie sich ihre und meine Gedanken mischten zu einem roten Nebel. Ich ahnte die Gefahr, die darin lag. Ich musste klar werden im Kopf, sonst würde es mich hinunterziehen.

Trau mir, das Licht ist nicht des Tages Licht,
Die Sonne hauchte dieses Luftbild aus,
Dein Fackelträger diese Nacht zu sein,
Dir auf dem Weg nach Mantua zu leuchten;
Drum bleibe noch: zu gehen ist noch nicht not.

Ich lag in der Mitte der Bühne mit Guiseppe auf dem Brautbett und flehte ihn an, nicht zu gehen, bat ihn im nächsten Augenblick eben darum.

Der Zuschauerraum war dunkel, eine einzige düstere Masse an Schatten und Schemen von Gesichtern, nichts weiter, an das ich mich klammern konnte, und nirgends sah ich sie, so sehr ich mich auch bemühte. Sie war untergegangen in der Menge, die ich nicht kannte und die mich neugierig anstarrte, gespannt darauf, was ich ihnen zu sagen hatte, und begierig darauf, zu urteilen, ob ich ihrer Gunst wert war.

Ich war allein, und ich klammerte mich an Guiseppe mit einer Verzweiflung, die ihn erstaunte. Für einen Moment war er verunsichert, schaute mich mit seinen eigenen Augen fragend an, doch ich nickte kaum merklich, und wir spielten weiter.

In der Pause ließ Miguel mir einen heißen Tee hinter die

Bühne bringen, denn ich auf meiner Zunge nicht spürte. Das Stück schluckte mich, ich war geradezu besessen von der Überzeugung, sie nie wiederzusehen. Sie nie wieder berühren zu können, wenn der Vorhang an diesem Abend gefallen war. Ich weiß nicht, woher ich die Kraft nahm, das Stück zu Ende zu bringen. Durch den Boden unter meinen Füßen floss ein Strom, dessen Energie mich weiterzog und immer weiter, Szene um Szene. Wir waren fast am Ende.

O willkommner Dolch!
Dies werde deine Scheide ... Roste da,
Und lass mich sterben.

Dann war es vorbei.

Es war still. Guiseppe und ich lagen tot auf der Bühne, getötet von eigener Hand, und ich war noch immer gefangen in dem Schmerz, den wir dargebracht hatten. Doch dann kam die Welle von Applaus, die den gnädigen Schleier mit sich nahm. Panisch suchte ich nach ihrem Gesicht, doch ich war geblendet.

Maria.

Wieder und wieder hob sich der Vorhang, wurde ich an die Rampe gezwungen von denen, die hinter mir standen. Guiseppe, der strahlte, weil seine Milena tatsächlich aus Rom gekommen war, drückte mir von rechts eine gelbe Rose in die Hand. July, meine talentlose Kollegin, die sich die Rolle der Amme erschlafen hatte, schrie mir von links völlig enthemmt etwas ins Ohr, das ich nicht verstand.

Maria.

Irgend jemand zog Franco auf die Bühne, der sich mit übertriebener Koketterie wehrte. Erneut brandete der Jubel auf. Noch einmal Lächeln, noch einmal verneigen. Dann blieb der Vorhang unten, und das Licht auf der Hinterbühne ging an.

Maria.

Ich versuchte, mich unauffällig in Richtung der Garderoben zu schieben, aber es war unmöglich, plötzlich wollte jeder meine Meinung hören. Ich nickte mechanisch in jede Richtung, bis mir auf einmal klar wurde: Er war verschwunden. Franco – er hatte die Gunst der Stunde genutzt und sich aus dem Staub gemacht. Entsetzen schnürte mir die Kehle zu, so dass die Luft, die ich atmete, staubtrocken und dünn wie Pergament wurde.

Rücksichtslos stieß ich die Menschen beiseite, die sich mir in den Weg stellten. Es war mir egal, sollten sie meinetwegen denken, mir sei übel.

Als ich mich meiner Garderobe näherte, hörte ich ihre Stimmen. Sie flehte, er schrie beinahe, und doch klang es noch immer, als würde er seine abgrundtiefe Wut mit Mühe zurückhalten. Mit einem Satz war ich bei der Tür und riss sie auf. Der Schlüssel fiel heraus und schlitterte über den Boden in eine der verstaubten Ecken. Dem Himmel sei Dank, er hatte nicht abgeschlossen!

Sie stand vor ihm wie ein Racheengel, und ich konnte den frischen Abdruck ihrer Hand auf seiner Wange sehen. Er hielt ihre Handgelenke mit seiner Linken fest umklammert und griff mit seiner Rechten nach ihrem Gesicht, ihrer Kehle. Sie kämpften regelrecht, einen ungleichen Kampf, der von vornherein entschieden war, denn er war ein großer, starker Mann, und neben ihm wirkte sie noch zarter und zerbrechlicher, als sie ohnehin schon war. Dennoch wehrte sie sich zäh. Ich wusste nicht, ob er sie ernsthaft hätte verletzen können angesichts der Liebe, die er für sie zu empfinden glaubte, ob er wirklich zugedrückt hätte, gesetzt den Fall, er hätte ihren Hals erwischt.

Ich konnte, ich mochte nicht darüber nachdenken, ob er ihr wirklich etwas antun oder sie nur einschüchtern wollte. Ich wusste nicht, was vorgefallen war, vermutete aber, dass er sie bei dem Versuch erwischt hatte, aus dem Theater zu schlüpfen. Ich wollte ihren Namen rufen, aber kein Laut kam aus meiner ausgetrockneten Kehle.

Wie verrückt drehte ich mich um meine eigene Achse, auf der Suche nach etwas, womit ich ihr helfen konnte. Auf dem Schminktisch stand ein Strauß von fünfzig roten Rosen, mit einer kleinen Karte versehen. Doch was viel wichtiger war: Er stand in einer schweren Vase.

Ich griff danach, eine Flut von Rot ergoss sich auf den Boden der Garderobe, und wie in Zeitlupe sah ich meine Hände und die Vase, die auf Francos Hinterkopf auftraf. Er sackte zusammen wie eine leblose Puppe.

Schwer atmend kniete sie vor ihm, und ich werde nie den Ausdruck auf ihrem Gesicht vergessen. Abscheu und Schmerz und Erleichterung mischten sich und teilten sich wieder, und dann war es wieder ganz Maria, die da auf dem Boden der Garderobe hockte, ihr linkes Auge bläulich-lila angeschwollen.

Für einen Augenblick dachte ich, er sei tot. Ich war mir nicht sicher.

Doch der Moment war nicht so lang, dass ich mir darüber klarwerden konnte, ob ich Genugtuung oder Reue empfand. Maria legte zwei Finger an seine Halsschlagader, dann lächelte sie grimmig.

„Menschen wie er sterben nicht so leicht, wie man sich das manchmal wünschen mag, Esther."

Sie stand auf und blickte auf seine Gestalt hinab.

„Adieu, Franco."

Dann sah sie mich an. Sie zog mir die feinen Glassplitter aus den Händen, küsste meine wunden Finger und half mir, Perücke und Kostüm loszuwerden, holte meinen Rucksack aus dem Schrank, hob den Schlüssel auf und schob mich aus der Garderobe. Sie drückte die Tür fest ins Schloss, drehte den Schlüssel entschlossen zweimal herum, ließ ihn aber stecken. Dann wandte sie sich ab und schaute nicht mehr zurück.

Ohne sie hätte ich den Weg von meiner Garderobe bis zum Bühneneingang niemals geschafft. Sie wimmelte die Fragen meiner Kolleginnen und Kollegen knapp aber höflich ab, mit einer Bestimmtheit, die ich noch nie an ihr gesehen hatte.

Endlich standen wir auf dem nassen Gehsteig. Ein Taxi wartete einige Meter entfernt. Am Steuer saß der Cousin von Mario. Wir ließen uns auf den Rücksitz fallen, und er raste mit uns zum Flughafen. Im Gesicht trug ich noch immer das Make-up der toten Julia.

13

Der Regen prasselte monoton gegen die Fensterscheiben des Flugzeugs.

Wir standen auf dem Rollfeld in der Warteschleife, und ich schaute hinaus in die Dunkelheit, sah zu, wie die Tropfen die ovalen Scheiben hinunterliefen und verschwanden. Ich sehnte mich danach, aus dieser Stadt zu fliehen, in der ein bewusstloser Franco in einem Meer von Rot darauf wartete zu erwachen.

Ich fror in dem dünnen Kleid, das ich unter meinem Kostüm getragen hatte, und sank tiefer in meinen Sitz. Maria gab mir stumm ihren Pullover. Dankbar hüllte ich mich ein in die feine Wolke aus ihrem Geruch, der ganz besonders war, ganz anders als alle anderen, die ich bis dahin erlebt hatte. Er war mir vertraut geworden wie mein eigener.

Als wir uns endlich in die Luft erhoben, wusste ich: Ich flog nach Hause. Zum ersten Mal seit langer Zeit nach Hause. Niemand wusste etwas davon außer Helene, und sie war verschwiegen wie ein Grab. Ich wollte uns Zeit geben, anzukommen, in Israel und in unserem Leben.

Es würde ein langer Flug werden, mit einer Zwischenlandung in Tel Aviv, und so dämmerte ich hinüber in eine verschwommene Welt voller Erinnerungen. Nichts davon hatte mehr mit dem Leben zu tun, das ich in den vergangenen Monaten geführt hatte.

Und doch saß ich in diesem Flieger nach Jerusalem. Für den Moment war es der sicherste Ort, an den wir gehen konnten. Denn dort wartete eine Wohnung auf uns, und eine Verbündete. Helene würde uns helfen, ganz egal, was geschah. Und schließlich: Nichts und niemand zwang mich, Kontakt zu meiner übrigen Familie aufzunehmen.

Wenn wir es wollten, konnten wir uns wochenlang in Jerusalem versteckt halten, ohne dass jemand außer meiner Tante von unserer Anwesenheit erfuhr. Diese Isolation konnte auch Schutz für uns bedeuten, denn es stand außer Frage, dass Franco nach uns suchen lassen würde mit all dem Einfluss, den er besaß, zumindest für eine Weile, ehe sein gekränktes Ego sich anderem zuwandte.

Und dann wieder gab es Momente, in denen ich zweifelte, ob er das, was an diesem Abend geschehen war, jemals verzeihen oder vergessen konnte. Wir hatten ihm Hörner aufgesetzt und ihn vor aller Welt blamiert, und dazu noch hatte ich ihn im Stich gelassen, denn es gab keine Zweitbesetzung für mich, sie war nie vorgesehen gewesen. Ich konnte seinen Zorn spüren über all die Entfernung hinweg, durch die dicken Stahlwände des Flugzeugs hindurch brannte er in meinen Gedanken, und es war nicht so, dass ich ihn nicht verstand. Doch ich war überzeugt davon, dass Franco nur bekam, was er verdient hatte, seit langer Zeit schon.

Er hatte es sich verdient, als er meine Freundin Leah in den Tod getrieben hatte, und die Schläge, die Maria von ihm erhalten hatte, all die Demütigungen und Misshandlungen hatten seine Schuld nur vermehrt. Er hatte verdient, was wir ihm angetan hatten, und noch vieles mehr, doch das lag nicht in unserer Hand.

Meine Freunde im Ensemble wussten, dass ich keinen Kontakt mehr zu meiner Mutter und meiner Heimat hatte. Niemand würde vermuten, dass ich Maria ausgerechnet dorthin brachte. Wenn wir Glück hatten, würde Franco in Rom zu suchen anfangen, der Stadt, in der er Maria kennengelernt hatte, oder in Neapel, wo sie geboren war. Und somit würde sich unsere Spur schnell verflüchtigen, und wir waren in Sicherheit.

Danach, wenn einige Zeit vergangen war, konnten wir überall hingehen, wo es uns gefiel. Wir mussten nicht in Jerusalem bleiben. Es war nur eine Zufluchtsstätte, weiter nichts. Für einen Moment verweilte ich bei diesem Gedanken.

Wie konnte die Stadt, in der ich geboren und aufgewachsen war, plötzlich so klein werden in ihrer Bedeutung? Und da bemerkte ich, dass ich mich selbst betrog. Sie war es nicht, war es nie gewesen. Ich hatte es kurz zuvor selbst gedacht – ich flog nach Hause. Ganz egal, was geschehen war oder noch geschehen würde, wie hässlich die Auseinandersetzungen und wie trotzig mein Abschied gewesen waren: Jerusalem war noch immer mein Zuhause. Auch wenn ich mich entscheiden würde, den Rest meines Lebens in England zu verbringen, wäre Israel noch immer meine Heimat. Ich war Jüdin durch meine Geburt, und ich würde es immer bleiben.

Ich erwachte durch das wohlbekannte Klicken des Auslösers. Maria lachte, als sie bemerkte, dass ich sie dabei ertappt hatte, wie sie mich heimlich fotografierte. Sie fuhr mir mit der Hand durch das Haar, das dadurch, dass es noch immer halb aufgesteckt und halb gelöst war, wild aussehen musste.

Ihr linkes Auge sah böse aus, aber es würde heilen. Franco würde hoffentlich ein paar Tage lang heftige Kopfschmerzen haben. Ich musste grinsen bei dem Gedanken. Dann wurde ich wieder ernst.

„Maria – warum?“

Die Frage hing eine Minute lang in der Luft zwischen uns, vielleicht auch zwei. Sie betrachtete mich schweigend, schließlich seufzte sie ergeben. Wir wussten beide, dass diese Frage hatte kommen müssen, viel eher eigentlich schon, doch sie in Italien, in unmittelbarer Nähe von Franco, zu stellen, hatte sich von selbst verboten. Solange wir die Kraft, die wir besaßen, gebraucht hatten, um unsere Haut zu retten, war es unmöglich gewesen, daran zu rühren.

Doch es gab etwas, was sie mir noch nicht erzählt hatte, was sie mir noch schuldete. Es war Zeit, die Erzählung fortzusetzen, die sie auf dem Weingut, kurz nachdem Franco sich das Bein brach, begonnen hatte. Und wir hatten Zeit jetzt, eine Menge Zeit.

Als sie sprach, hielt sie ihre Augen in ihren Schoß gesenkt, ganz genau wie damals, als sie auf die Steine zu ihren Füßen geblickt hatte, während sie mir von ihrem Vater berichtete. Einem Vater, der Dosen für geschälte Tomaten herstellte, ihrer Mutter drei Kinder gemacht und dann das Geld der Familie mit Wein und einer Frau in Messina durchgebracht hatte.

Ich hielt mich mit meiner Wut über ihn zurück. Solche Schicksale gab es viele, und sie war nicht die erste Frau, die ich kennenlernte, deren Vater die Familie auf diese Weise ruiniert hatte.

Nein, darum ging es nicht. Was ich wissen wollte: Was war in ihrer Vergangenheit geschehen, das sie veranlasst hatte, in dieser Art auf Francos Eifersucht zu reagieren?

Nach allem, was ich über ihn wusste, war es kein Wunder, dass ich mich vor ihm fürchtete, ja ihn regelrecht hasste. Ich konnte nicht behaupten, in meinem bisherigen Leben viele Menschen gehasst zu haben, eigentlich glaubte ich sogar, dass ich niemanden wirklich hasste bis zu jenem Sommer in Jerusalem, als die Sache mit Franco und Leah passierte. Doch von all dem hatte ich Maria noch nichts erzählt. Ich wollte damit warten, bis wir in Sicherheit waren, weit weg von allem, was zu Florenz gehörte.

Warum also war sie mit mir geflohen, anstatt ihm die Stirn zu bieten? Ich konnte nicht glauben, dass die Angst um ihre Existenz als Fotografin in Italien sie dazu trieb. Sie war eine herausragende Künstlerin, sie konnte überall arbeiten, schließlich war sie in fremden Ländern nicht wie ich auf die Kenntnis der Sprache angewiesen. Die Befürchtung, Franco könnte alles daran setzen, ihren guten Ruf als Fotografin zu ruinieren und dafür zu sorgen, dass die großen Zeitschriften ihr keine Aufträge mehr gaben, war nicht hinreichend, um verständlich zu machen, warum sie ihn derart fürchtete.

Da war mehr, und es lag sehr viel tiefer als das, was Franco ihr angetan hatte.

Also saß ich in diesem Flugzeug und wartete, wartete auf ihre Antwort. Und sie gab sie mir, irgendwo zwischen Florenz und Jerusalem.

„Als ich sagte, dass mein Vater uns verließ, habe ich nicht erwähnt, wie glücklich ich darüber war."

Ihre Stimme war sehr leise und sehr fremd, so als hätte sie

etwas von sich abgespalten, um mich an etwas teilhaben zu lassen, was ihr zu starke Schmerzen zufügte.

„Und ich habe dir auch nicht erzählt, dass ich deshalb so glücklich war, weil damit endlich die Schläge aufhörten, die regelmäßig über meine beiden kleinen Brüder und mich hereinbrachen, sobald er aus der Kneipe nach Hause kam. Vor allem aber habe ich dir verschwiegen, dass damit endlich der Tag kam, an dem niemand mehr in meinem Zimmer auf mich wartete, wenn meine Mutter nicht daheim war."

Ich sah sie an, sah sie einfach nur an und spürte, wie ein tiefdunkler Zorn auf den Mann, von dem sie scheinbar ungerührt sprach, durch mich hindurchzog wie ein breiter Strom, der alles andere ertränkte. Und ich wusste, ich hatte den Schlüssel gefunden, den Schlüssel zu ihrer Furcht, zu der puppenhaften Hülle, die ich in Francos Armen gefunden hatte.

Ich wusste nichts zu sagen, was sie getröstet hätte. Also schwieg ich mit ihr, und ich glaube, es war das beste, was ich ihr in jenem Moment geben konnte.

Wir schwiegen noch immer, als wir in Tel Aviv in eine wesentlich kleinere Maschine umsteigen mussten. Es war stockdunkel vor den Fenstern der Wartehalle, und ich fror in meinem kurzen Kleid, obwohl es draußen mild war, wie uns die Thermometer neben den Ausgängen mitteilten. Maria holte uns zwei Plastikbecher mit Kaffee. Meine Finger wurden nur eine Minute lang warm, und auch die Müdigkeit in meinem Körper wurde nur für einen Augenblick vertrieben, ehe sie sich, stärker noch als zuvor, auf mich herabsenkte.

Jetzt, da die Anspannung der vergangenen Stunden langsam von mir abfiel, stahl sich eine bleierne Schwere in meine Gedanken, und ich hätte weinen mögen, so schwach fühlte ich mich mit einemmal. Ich glaube, wir waren beide froh, als unser Anschlussflug aufgerufen wurde, denn auch Maria sprang sofort auf, als die englische Stimme durch den Raum schallte, und seufzte leise und erleichtert auf.

Erst als wir zur Landung in Jerusalem ansetzten, griff sie nach meiner Hand, und ich nahm sie und hielt sie fest.

Mit ihrer Hand in meiner blickte ich hinunter auf die Stadt, auf die Häuser, die meine Heimat sein sollten, und versuchte, mich zu freuen, aber vergeblich, ich war wie betäubt. Mein Zuhause hielt ich in meinen Händen. Und als wir die graue Landebahn berührten, begriff ich es tatsächlich: Ich musste nirgendwo hinfliegen, um anzukommen. Mein Zuhause hatte einen neuen Namen bekommen.

Maria.

14

Ein leichter Wind strich durch die geöffneten Fenster in die dämmrigen Räume. Er brachte die metallenen Röhren des Windspiels auf der Dachterrasse unermüdlich zum Klingen, so als hätte er seinen besonderen Spaß daran.

Ich kam aus der Dusche und hüllte mich in den dicken, weißen Bademantel von Helene. Ich ging durch ihre Zimmer, die ich mir in den vergangenen zwei Wochen erneut vertraut gemacht hatte, und streichelte behutsam die Dinge, die zu ihr gehörten.

Ein Klavier, schwarz und glatt, mit einem unordentlichen Stapel Noten darauf. Ein Regal, vollgestopft bis zur Decke, in dem die Bücher in Dreierreihen standen. Ein afrikanisches Gemälde mit einem Massai-Krieger vor einem glutroten Sonnenuntergang. Schabbat- und Chanukka-Leuchter, eine Statue aus Stein, die eine nackte, entrückte Tänzerin darstellte. Eine Schale aus poliertem Holz, darin eine Handvoll Äpfel. Gerahmte Schwarzweißfotos, die meine Tante mit David und ihren beiden Söhnen darstellten, und da war auch das ganz kleine, das sie zeigte, Arm in Arm mit jener Frau mit den weichen Locken, die ihr über die Schultern fielen. Es musste vor langer Zeit aufgenommen worden sein, denn jetzt, wo ich es wieder vor mir sah, fiel mir erneut auf, wie jung Helene darauf aussah. Sehr jung und sehr glücklich.

Mit dem Zeigefinger strich ich vorsichtig über das Gesicht der Fremden und sprach den Namen aus, den ich von Helene gehört hatte:

„Sophie."

Und da kam eine Erinnerung zurück, die mir verloren gewesen war, bis jetzt. Sie stammte von einem Tag im Sommer, als ich noch sehr klein gewesen war.

Ich musste die erste oder zweite Klasse besucht haben, und wie immer hatte ich einige Tage meiner großen Ferien bei Tante Helene und Onkel David verbracht, in ihrem großen Haus in Netanya, direkt am Mittelmeer. Ihre beiden Söhne waren elf und neun Jahre alt gewesen und damit aus dem Alter heraus, in dem sie sich mit kleinen Mädchen auf der Straße zeigen konnten. Ich sah sie sehr selten in jenen Ferien, zwei sonnenverbrannte, hagere Gestalten, die mir fremd geworden waren.

Ich hatte also meine Tante in diesen Wochen weitestgehend für mich allein. Onkel Davids Familie stammte aus Netanya, und er verbrachte halbe Ewigkeiten bei Verwandten und Freunden aus der Schul- und Militärzeit. Ich war sehr glücklich, und ich glaube, auch Tante Helene genoss es, zur Abwechslung mal eine Tochter verwöhnen zu können.

Morgens schlüpfte ich, sobald mein Onkel das Haus verlassen hatte, zu ihr ins Bett, und sie fuhr mit der Hand durch meine Locken, die zu kämmen sinnlos war, und erzählte mir Geschichten, ehe sie Orangensaft und Brot holte, um mit mir im Bett zu frühstücken. Dies war ein Privileg, das ich zu Hause nie gewährt bekam, außer wenn ich krank war, und ich genoss den Kitzel des Verpönten.

Eines Morgens jedoch hatte ich meine Tante weinend vorgefunden. Nach einer Weile bemerkte sie meine Gestalt im Türrahmen und winkte mich zu sich, und ich streichelte verstört ihre Schulter, immer wieder, eine Ewigkeit lang, ohne dass sich ihr gedämpftes Schluchzen beruhigte. Dann setzte sie sich halb auf und öffnete ihre Faust, und auf ihrer Handfläche lag ein Ring, ein schmaler, schlichter Goldring. Sie hielt ihn mir entgegen, und ich begriff, dass sie wollte, dass ich ihn nahm und das eingravierte Wort las.

Ein einziges Wort stand da, ein Name: Sophie.

Ich gab ihn ihr zurück, und sie verlor danach nie wieder ein Wort über diesen Zwischenfall. Doch intuitiv hatte ich verstanden, dass sie mir an jenem Tag ein Geheimnis anvertraut hatte. Stumm hatte sie mich ins Vertrauen gezogen, als einzigen Menschen, ein siebenjähriges Kind.

Wie hatte ich diesen Moment vergessen können?

Jetzt machte sie dadurch, dass sie Maria und mir einen Zufluchtsort bot, etwas wieder gut an sich und ihrem Leben, holte etwas nach, wozu sie selbst keine Gelegenheit oder keinen Mut gehabt hatte. Ihre Geste berührte mich tief.

Ich schenkte der Frau auf dem Foto einen letzten Blick, und hoffte, Helene würde mir eines Tages mehr von ihr erzählen.

Doch ich verstand, wenn ihr Schmerz zu groß dafür war.

Ich ging in die Küche, um mir ein Glas Wasser einzugießen. Es war sehr still hier, beinahe zu still, wäre da nicht das Windspiel gewesen, das noch immer seinen seltsamen Tanz im Nachtwind vollzog. Ich begriff jetzt, warum sie es dorthin gehängt hatte. Es machte einem das Denken leichter. Das Denken und die Einsamkeit.

Die Straße in der Neustadt, in der die Wohnung meiner Tante lag, war eigenartig ruhig und verträumt für Jerusalem, sehr modern für Israel. Fast wollte man der Sicherheit Glauben schenken, die ein trügerisches Lied sang und dabei Hunderte von Toten verschwieg, die diese Stadt in den letzten Jahren gesehen hatte. Fast, aber doch nur beinahe. Die Wachsamkeit schlief nie.

Die Nächte mit Maria waren anders als alles andere, was ich bis dahin erlebt hatte. Zunächst war es ungewohnt für uns, ein so großes Maß an Nähe zu teilen, ohne zu lauschen, ohne Beklemmung über das zu verspüren, was am nächsten Morgen unweigerlich sein würde. Uns im Arm zu halten, ohne nach der Uhr zu schielen oder auf Schritte zu lauschen, mussten wir erst lernen. Und wir mussten uns aneinander gewöhnen. Wir erfuhren, wie es war, uns auszuhalten, mit all dem, was uns aus der Vergangenheit begleitete. All das, was in unseren spärlichen, gestohlenen Stunden unsichtbar geblieben war oder durch den feinen Vorhang unserer Haut nur hervorgeblitzt hatte. Jetzt war es plötzlich da, das Leben in all seinen Facetten, und wir steckten mittendrin, mit unseren zahllosen Eigenarten, Gewohnheiten und Fehlern.

Es ging nicht immer ruhig zu, aber ich spürte, wie wir uns gemeinsam auf eine neue Ebene zubewegten. Wir erreichten eine Nähe, die keine von uns bis dahin erfahren, ja nicht einmal gesucht hatte, weil wir uns nicht darüber im klaren gewesen waren, dass etwas derartiges überhaupt existierte.

Nachts teilten wir uns das große Bett meiner Tante, aber wir hätten das Doppelbett gar nicht gebraucht, weil eine von uns stets zu der anderen hinüberkroch. Bis sich Rücken und Bauch aneinanderschmiegten, Haut an Haut, bis ich meine Wange auf ihre Brust legte und meine Hand auf ihre Rippen, bis ich ihren Atem spüren konnte, tief vergraben in meinem Haar.

So schliefen wir für kurze Zeit, ehe wir wieder erwachten, weil der Hunger uns nie lange Ruhe gönnte.

Er holte uns ein, selbst in unseren tiefsten Träumen, fand uns und kitzelte uns wach, und sobald eine von uns anfing, die Haut der anderen zu streicheln, sprang uns die Begierde an wie eine Katze. Wir schlangen unsere Zungen umeinander, und ich zog sie auf mich, hielt mich an ihr fest, und ich hielt ihr Gesicht in meinen Händen und sah sie an, während sie kam, über mir, in mir. Ich fühlte, wie ihre Feuchtigkeit zwischen meine Beine rann, sah, wie sie die Augen geschlossen hielt und den Mund öffnete, so als wollte sie ihm Raum geben, ihrem Höhepunkt. Dann war sie so wunderschön, dass es mich fassungslos machte. Ich wünschte mir jedesmal, sie könnte sich sehen in diesem Moment, sie, die mit so vielen Selbstzweifeln belastet war, und begreifen, welche Macht und welche Schönheit in ihr lagen.

Manchmal schickte ich meinen Mund auf die Reise über ihren schmalen Körper und tauchte mit meiner Zunge in den limonenartigen Duft zwischen ihren Schenkeln ein, der so einzigartig war und noch lange in mir blieb, wenn mein Kopf schon längst wieder über ihrem Herzen lag.

Ich hungerte regelrecht nach ihren Händen, die mich streichelten, in mich eindrangen und von mir forderten, loszulassen, meine Angst hinwegzugeben für den Augenblick. Und sie schaffte es immer wieder, dass ich nachgab, weich wurde und die Welle von mir Besitz ergriff und über mir zusammenschlug, bis ich keuchend auf dem Laken lag. Es war Magie, zweifellos, es war mehr als alles andere – es war Liebe.

Leise stellte ich das leere Glas in die Spüle.

Dann ging ich hinaus, auf die Dachterrasse, wo Maria auf der Brüstung saß und rauchte, die nackten Füße herabbaumelnd. Sie schaute hinunter auf die Stadt, während der Rauch aufstieg und sich langsam in der Dämmerung verflüchtigte.

Sie sah ein wenig aus wie an jenem Tag bei Flavio, als sie auf der niedrigen Mauer gesessen und uns bei der Probe zu *Romeo und Julia* zugesehen hatte. Es schien schon so lange her zu sein. Doch das puppenhafte Gesicht war verschwunden. Irgendwo zwischen damals und jetzt musste es unbemerkt verlorengegangen sein, und dafür war eine eigentümliche Ruhe auf ihren Zügen eingekehrt, die ihr sehr gut stand.

Sie sah so schön aus, dass es mir einen schmerzlichen Stich versetzte. Für einen Moment fühlte ich mich ausgeschlossen, waren sie und ihre Gedanken so fern, und es schien mir unmöglich, die Distanz zwischen uns zu überwinden.

Ich stand im Schatten der Terrassentür und rührte mich nicht und betrachtete sie, und da wurde mir klar, was ich bis dahin nicht gewusst hatte: Ich liebte Maria so sehr, dass es mich hilflos machte, schwach und verletzlich. Es war genau das, wogegen ich mich in meinem Leben bis dahin erfolgreich zur Wehr gesetzt hatte. Aber die Frage, ob ich bereit war für dieses Gefühl, stellte sich jetzt nicht mehr, hatte sich mir nie gestellt.

Vom Moment unserer ersten Begegnung an war Maria in mir gewesen, und ich hatte es intuitiv gespürt, als sie mich zum ersten Mal berührte: Sie war es schon immer gewesen. Mein ganzes Leben lang.

Sie musste mich gehört haben, denn sie wandte den Kopf und sah mich an. Stumm, doch sie lächelte, lächelte mit ihren tiefblauen Augen. Ich trat neben sie und machte mit meinem linken Arm eine lässige Geste über das Häusermeer vor uns, über die Lichter von Jerusalem, das langsam zur Nacht erwachte.

„Und – was denkst du?"

Ich versuchte, gleichmütig zu klingen, doch es misslang mir. Ihre Meinung war mir zu wichtig. Ich musste wissen, was sie über diesen Ort dachte, dem ich zwar einige Jahre lang den Rücken gekehrt hatte, der aber dennoch ein grundlegender Teil von mir war. Wir mussten nicht hierbleiben, nicht für lange, aber aus irgendeinem unergründlichen Gefühl heraus wollte ich, dass es ihr trotzdem gefiel. Ich hatte große Angst davor, dass dem nicht so war.

Jerusalem bedeutete so viel mehr als nur irgendeinen Zufluchtsort, irgendeine Stadt. Es war so viel kontrastreicher, gefährlicher und gleichzeitig heiliger als alle anderen Metropolen zusammengenommen. Es vereinte Moderne und Altertum, Fortschritt und Orthodoxie, Hoffnung und Hass.

Von hier konnte man die Dächer der Altstadt nicht sehen, das alte jüdische Viertel und die Klagemauer. Statt dessen waren wir umgeben von modernen Bürogebäuden, Shopping-Centern, Cafés, Bars und Diskotheken. Hier war es nicht einmal so anders als anderswo, und doch: Es war etwas Besonderes. Und für mich hing so viel davon ab, dass sie es spürte. Dass ich die Seelenverwandtschaft bestätigt fand, die ich gefunden zu haben glaubte, als ich sie das erste Mal sah, auf dem alten Weingut in der Toskana.

Für einen Moment dachte ich zurück an jenen Tag, und ich konnte wieder den Alkohol in meinem Blut spüren und den Staub auf meiner Haut, und der schwache Duft von Lavendel, der den ganzen Sommer über dem Anwesen gelegen hatte, schlich sich zurück in meine Geruchsnerven. Wieder hörte ich die Geräuschkulisse, die in der Eingangshalle geherrscht hatte, doch sie war seltsam undeutlich jetzt, so als würde ich mich unter Wasser befinden und durch die Oberfläche zurückschauen auf die vergangenen Monate. Und ich sah wie damals, wie Maria ihren Kopf drehte und mich ansah, eine Ewigkeit lang, so als ob sie auf mich gewartet hätte.

Am 1. August des vergangenen Jahres trat sie in mein Leben und veränderte mich und alles, was darin existierte, und die Vorstellung, dass es sie einmal nicht gegeben hat, erscheint mir absurd und schrecklich zugleich. Aber vielleicht ist es auch wirklich so, dass es sie schon immer gegeben hat und wir nur eine Weile gebraucht haben, um uns zu finden.

Meine Frage schwebte noch immer unbeantwortet in der Luft.

Maria legte entspannt ihren Kopf auf die angezogenen Knie. Dann sagte sie etwas, und während sie sprach, spürte ich, wie mein Atem, den ich unbewusst angehalten hatte, mit einem leisen Seufzer entwich. Sie sagte genau das Richtige.

„Trotz allem, Esther: Es ist schön."

Ich nickte. Ich verstand sie. Es war genau das, was ich empfand.

Sie streckte die Hand aus und zog mich zu sich heran. Dann legte sie mir beide Hände um die Taille und lehnte ihren Kopf gegen meinen Bauch. Durch den Stoff hindurch konnte ich ihre Wärme spüren. Ich stand ganz still, denn ich wollte, dass sie blieb, genau so, wollte den leichten Druck, mit dem sie sich an mich lehnte, spüren und ihr zuhören, wie sie atmete. Einfach nur zuhören, denn das genügte. Und mein Gesicht dann erneut in ihren schwarzen Locken vergraben, sie zärtlich um meine Finger winden, immer dichter, bis ich umhüllt war und beruhigt einschlafen konnte.

Epilog

Beinahe ein Jahr ist vergangen.

Wieder einmal ist es August, erneut ist es unerträglich heiß, doch diesmal scheint die Sonne für mich nicht auf das alte Weingut in der Toskana, nicht auf Florenz. Wir sind tatsächlich in Israel geblieben.

Tante Helene kam im Herbst aus Haifa zu uns, und zwei Wochen später stand ihr Entschluss fest, uns ihre Wohnung in Jerusalem für unbestimmte Zeit zu überlassen. Sie beteuerte hartnäckig, dass sie schon seit langem ans Meer habe ziehen wollen und froh sei, ihre Wohnung in guten Händen zu wissen. Ich weiß, dass sie Maria tief ins Herz geschlossen hat. Ich weiß, es macht sie glücklich, dies für uns tun zu können.

Ich spiele wieder und habe eine winzige Rolle in einem postmodernen Stück über Andy Warhol übernommen. Die meisten Ensemblemitglieder sind noch Schauspielschüler, aber das tut dem Spaß, den ich an der Arbeit habe, keinen Abbruch. Es ist, als würde ich noch einmal von vorn beginnen und manchen Fehler, den ich damals gemacht habe, verbessern. Außerdem erfüllt es mich mit ungeahnter Freude, in meiner Muttersprache zu arbeiten. Mein Hebräisch war die ersten drei Tage etwas eingerostet, aber jetzt fließt es wieder wie von selbst, und auch Maria hat schon das Nötigste gelernt und macht sich einen Spaß daraus, allein einkaufen zu gehen, ohne ein einziges Wort Englisch zu gebrauchen.

Ich habe außerdem begonnen, ein Drehbuch für einen Spielfilm zu schreiben. Er spielt in England, und ich bin meistens unzufrieden mit mir. Maria zieht mich deswegen regelmäßig auf. Oft kommt sie ins Zimmer, wenn ich an meinem Laptop sitze, legt mir die Arme um die Schultern und liest mit, aber meistens endet es damit, dass sie anfängt, meinen Hals und meinen Nacken zu küssen, und dann ist es mit der Konzentration vorbei. Ich bin sicher, die Fertigstellung des Scripts wird noch eine ganze Weile auf sich warten lassen.

Sie selbst fotografiert mit einer dermaßen großen Energie und Begabung, dass vor zwei Monaten eine Vernissage von ihr in Barcelona gelaufen ist, immerhin schon ihre zweite nach jener in Rom, bei der sie Franco begegnete. Sie arbeitet für ein spanisches Modemagazin. Auf einer Messe in Jerusalem traf ich einen alten Studienkollegen von mir wieder, dessen Freund Chefredakteur bei einer der größten spanischen Frauenzeitschriften ist, und als dieser ihre Mappe aufschlug, war er hellauf begeistert. Für ihren Job dort macht sie Zugeständnisse, aber wann immer sie kann, fotografiert sie weiterhin ihre Motive in Schwarzweiß.

Franco hat, soviel ich gehört habe, keine bleibenden Schäden von meiner Attacke mit der Rosenvase zurückbehalten. Der Strauß war übrigens von ihm, wie mir July Wochen später erzählt hat. Auf der Karte, die ich nie gelesen habe, stand:

„Herzlichen Glückwunsch zur Premiere. Franco."

Die Aufführung von *Romeo und Julia* musste wegen Krankheit der Hauptdarstellerin für eine Woche ausgesetzt werden, dann hatte er einen Ersatz aus Mailand einfliegen lassen. Eine blonde, temperamentvolle Kollegin, die einen Kopf größer war als er und die Julia im Repertoire hatte. Er scheint mit ihr seine liebe Not gehabt zu haben.

Soviel ich weiß, ist Miguel noch immer sein Assistent, und vermutlich liebt er Franco noch immer. Ich würde ihm einen jungen Schauspieler wünschen, der ihn zur Abwechslung mal wiederliebt, aber die Aussicht scheint hoffnungslos zu sein.

Guiseppe hat sich von Milena scheiden lassen und lebt jetzt mit Vivienne zusammen. Er zahlt eine Menge Unterhalt für seine beiden Töchter, die zwölf und vierzehn Jahre alt sind und keine Gelegenheit versäumen, ihm mitzuteilen, wie sehr sie ihn verabscheuen.

Meine Mutter und ich telefonieren hin und wieder, ohne dass sich an unserem Verhältnis grundlegend etwas geändert hat. Sie weigert sich hartnäckig, mich zu Pessach, Jom Kippur und Rosch ha-Schana einzuladen, solange ich darauf bestehe, meine Geliebte zu den hohen Feiertagen mitzubringen.

Chaim, der uns an unserem ersten Abend hier die Schlüssel übergeben hat, ist unser Hausmeister. Maria und er haben entdeckt, dass sie ein gemeinsames Hobby besitzen, und jetzt verbringen die beiden Stunden damit, vor ihren Töpfen mit Kräutern und Gewürzen auf der Dachterrasse zu hocken. Meistens sitze ich mit meinem Laptop daneben, rauche und sehe ihnen zu. Sie bringen mich oft zum Lachen.

Überhaupt lachen wir viel, Maria und ich. Und das ist gut so. Es ist ein warmes Gefühl im Bauch, sie hier bei mir zu haben. Sie gibt mir Geborgenheit. Vor allem aber eines: Liebe.

JETZT.

Danksagung

Ich danke meinen Verlegerinnen
Andrea Krug und Dagmar Schadenberg
für die wunderbare Zusammenarbeit.

Die Deutsche Bibliothek – CIP-Einheitsaufnahme
Janitz, Katrin:
Maria, letztes Jahr: Roman / Katrin Janitz.
Berlin : Krug & Schadenberg, 2003
ISBN 3-930041-34-0

Arndtstraße 34, 10965 Berlin
Tel. (030) 694 12 43 Fax (030) 694 12 31
info@krugschadenberg.de
www.krugschadenberg.de

Originalausgabe
1. Auflage 2003

Lektorat: Andrea Krug, Berlin
Umschlagfoto: © Photodisc
Satz und Gestaltung: Grafikbüro Schadenberg, Berlin
Druck: Clausen & Bosse, Leck